KEY·可以文化

赵柏田 作品

浙江文化艺术发展基金资助项目
PROJECTS SUPPORTED BY ZHEJIANG CULTURE AND ARTS DEVELOPMENT FUND

生死危城

赵柏田
[著]

浙江文艺出版社
Zhejiang Literature & Art Publishing House

图书在版编目（CIP）数据

生死危城 / 赵柏田著. — 杭州 ：浙江文艺出版社，2025. 8. — ISBN 978-7-5339-7921-8

Ⅰ. I25

中国国家版本馆 CIP 数据核字第 2025WH8165 号

策划统筹 曹元勇
责任编辑 顾楚怡
责任校对 朱 立
校　　对 李子涵
营销编辑 耿德加 胡凤凡
责任印制 吴春娟 睢静静
装帧设计 倪小易
数字编辑 姜梦冉 诸婧琦

生死危城
赵柏田 著

地　　址 杭州市环城北路 177 号
邮　　编 310003
电　　话 0571-85176953（总编办）
0571-85152727（市场部）
印　　刷 上海盛通时代印刷有限公司
开　　本 889 毫米 × 1240 毫米 1/32
字　　数 150 千字
印　　张 8.375
插　　页 1
版　　次 2025 年 8 月第 1 版
印　　次 2025 年 8 月第 1 次印刷
书　　号 ISBN 978-7-5339-7921-8
定　　价 49.00 元

我要以荒凉的沙漠，坎坷的小路，骡子车，
我要以槽子船，漫山的野花，阴雨的天气，
我要以一切拥抱你，你，
我到处看见的人民呵……

——穆旦《赞美》

目 录

序章　魔盒打开了

一辆满身弹痕的军用小汽车方向失控，停在机场大门北面二百米处的一个小土坡前。小汽车的前后轮都是泥，一只轮胎已被击坏。

不远处，是两个原本坐在车内被甩出车外的男子。从血迹斑斑的军服可以辨认出，他们是日本海军精锐部队海军陆战队的士兵。一个被炸得血肉模糊，半边脸已消失；另一个衣着完整，胸前有烧灼的弹孔，显见是受了致命的贯穿伤。

从事发当晚开始，至次日——1937 年 8 月 10 日——凌晨，一个由中日双方匆忙组成的调查小组对虹桥机场案发现场展开了调查。上海英文和中文报纸的记者们如同闻到了腐肉味的秃鹫，稍晚于调查员们赶到。获准进入警戒线的还有英、美、法各国的侦探们。担任机场守卫任务的宪兵部队隶属国民革命军第2师补充旅（后更名为独立第20旅），张治中将军派出了一位副旅长前来现场协助处理。

离天亮还有几个小时，最深的夜色正笼罩着上海以西十余公里外的虹桥机场，调查人员只能依靠汽车前灯和手电筒的光照才能够完成查勘现场的工作。饶是如此，因事发于敏感时期，又牵涉中日两国军方，这座城市里还有许多双失眠的眼睛紧盯着这里。

调查人员第一时间就已查明，躺在地上血肉模糊的死者，是是年二十七岁的日本海军陆战队中尉大山勇夫，另一具尸体是大山勇夫的司机、一等水兵斋藤要藏。整个案发现场看起来像是发生了一场小规模的阻击战。

看来这是一桩突发事件，并非两国蓄意为之，但还是有许多谜题无法解开：日本海军陆战队的营房在丰田纱厂，他们跑到数公里外的中方军用机场来做什么？是谁开的第一枪？他为什么要开火？显然，在这些问题上，中方调查人员和他们的日本同行无法达成一致。

调查员们手里的手电筒光在案发现场晃过来晃过去，他们在菜地和草丛中四处搜寻证据，还不时爆出激烈的争论。天快亮了，争论分歧越来越大，于是他们结束调查，各自驱车返回市区向上级报告。

中国调查人员和日本调查人员对机场案件的定性大相径庭，丝毫不令人奇怪。1936 年以来，无论是在上海还是其他地方，两国之间的紧张态势一直都在急剧上升中。尤其是一个月前，北方地区一个燥热的夜晚，一连串的阴谋导致两国士兵在一个叫宛平的小城爆发激烈冲突，此后，战火越烧越大，整个北方都卷入其中。眼下，处于中国经济中心的上海虽暂保无虞，但谁都看得出来，和平不会持续太久了。

1937 年的中国充满了变数，上海充满了变数。那场蔓延北方的动荡会不会成为一场波及整个中国的全面战争？南京的国民政府做何打算？他们已经治理了这个幅员辽阔的国家十年之久，这一次还能成功挺过去吗？对于生活在这座中国最大也是最繁华的城市里的人们来说，一旦战争爆发，那无数的工厂主、商人、外国人和庶民百姓，将何以自处？没有谁能回答这些问题。

几乎所有参加当天晚上调查的人员和记者都意识到了，如果不能妥善解决眼前这桩事，那么，机场事件就极有可能是引发把这座城市炸得玉石俱焚的那个巨型炸弹的一粒火星子。

车子穿过依然黑暗的郊区从机场返回市区，劳累了一晚的调查员、侦探和各国记者们都在车内打起了瞌睡。车窗外，闸北的工厂，苏州河边的棚户区，法租界和公共租界装饰艺术风格的高楼，在珍珠色的天幕下渐渐显出了剪影。一些通宵营业的歌舞厅、影剧院的灯火还没有熄灭。

但这种繁华也只是给人一种安全的假象。车灯扫过街角的行道树，间或可以看到一些沙包构筑的阵地和中国哨兵的轮廓。按照官方的说法，这些哨兵属于保安总团，是1932年后按照国际协议唯一获准驻扎上海的准军事化组织，但消息灵通人士称，他们都是88步兵师的士兵乔装的。众所周知，那是国民党军队中最训练有素的全德械部队。

在接下来的几个小时里，中日双方各自发布了关于机场事件的不同说法。根据中方的说法，事发当日——8月9日——下午5时许，日本驻上海丰田纱厂海军陆战队中尉大山勇夫和一等水兵斋藤要藏身着军服，驾驶军用小汽车沿虹桥路由东向西急驶，试图强行闯入虹桥机场大门，执勤的保安总团士兵示意司机斋藤要藏停车，但车子突然掉头，中尉大山勇夫还用自动手枪向中国守卫开枪射击。守卫还击，两个日本人见势不妙便仓皇驾车逃跑，在离机场大门北一二百米处被击坏车胎，汽车失控后冲进路边的菜地里，两名日本军人弃车而逃。我军一名炊事员投出一枚手榴弹，大山勇夫被当场炸死。斋藤要藏拿枪向旁边一荒僻的小树林狂逃躲避，被我哨兵击毙。

保安总团的一位指挥官还告诉一位西方记者，这不是日本人第一次试图闯入机场，在过去两个多月里，此类事件多次发生，日本人“显然是在执行间谍任务”。

日方的报告则把整个事件归咎于中方。报告声称，大山勇夫等二人沿机场外围的公路驾车，并无意进入机场。他们的汽车是在毫无预警的情况下被保安总团部队逼停并被包围的。中方的步枪和机枪一起开火，大山勇夫和斋藤要藏几乎没有机会还击就中弹倒下了。日本方面发表声明称，两个日本人有权在非军事区的公路上行驶，此次事件明显违反了五年前的和平协议。该声明的结论是：“我们要求中国人对此次非法行动承担全部责任。”

上海是仅次于东京的远东第二大城市，各国在这里都有自己的利益，此后两天里，有关这场冲突的数不清的电话、函电交织在了这个城市的上空。无论是中国还是日本方面，肯定都有人在暗自高兴。

8 月 11 日下午，上海市政府、上海警备司令部、日本驻沪领事馆、日本海军陆战队司令部四方，终于有机会在市府大楼坐下来谈判解决机场事件。

日方代表、日本驻沪总领事冈本季正要求中方撤离上海保安部队，撤除所有防御工事。上任不到两个星期的上海市市长俞鸿钧当即予以拒绝。他指出，上海系中国领土，日方无权要求保安总队撤离，更无权干涉撤退距离，反而是日本驻上海的海军陆战队对两国和平构成了潜在威胁，应立即撤出上海。这位圣约翰大学的高才生是年三十九岁，他身材矮小，反应机智，是这个城市对外的一张国际面孔，因曾有过为英文报纸做记者的经历，他的发言总是能得到新闻界的好感。

尽管一力阻战的俞鸿钧市长一再呼吁，双方应保持最大克制，以防形势继续恶化，但参与谈判的两边人士都意识到，车轱辘话这时候已没有任何意义。当天，二十余艘日本军舰，包括巡洋舰和驱逐舰，游弋在黄浦江上并陆续停靠在日租界"小东京"附近的码头，舰首的太阳旗猎猎迎风，身着青褐色军服的海军士兵们走下踏板，成群结队身着艳丽和服的妇女们涌出日租界，微笑着向太阳旗鞠躬。

这是奉日本驻上海第三舰队司令官长谷川清的命令开赴上海待战的一支舰队。同一天，长谷将军还下令在日本佐世保待命的海军第一特别陆战队以及其他部队增援上海。《字林西报》记者称，这是上海历史上"最壮观的一次海军力量展示"。

双方都在大规模备战。公共租界工部局警务处副处长包文，一位老资格的警官，在当日的警务报告中，记下了8月

10日这天驻沪日军从大阪商船会社码头和大同海运会社码头卸下运出的下列军用物资：

上午1时30分：有四辆卡车载着军事装备驶离大阪商船会社码头。

上午11时：有五辆卡车载着小口径野战炮三门，步枪二百支以及弹药若干箱驶离大同海运会社码头。

下午1时30分：有二辆卡车载着电话线和电话设备驶离大同海运会社码头，经平凉路东去，估计是去平凉路2767弄公大纱厂的。

下午4时05分：有五辆卡车载着大木箱三十只（内装何物不详）驶离大阪商船会社码头。

下午5时30分：有一辆卡车载着步枪子弹十箱和机枪子弹二十箱，另有二辆卡车载着军事装备，同时驶离大阪商船会社码头。

下午7时40分：有一辆卡车载着步枪子弹三十箱驶离大阪商船会社码头。①

① 《八一三事变时期上海每日战况》，公共租界工部局警务处档案，报告第42号，上海市档案馆编：《上海市档案馆馆藏中国近现代档案史料选编》，上海书店出版社，2020年，第821—822页。

经验老到的包文还观察到，8 月 11 日下午，停泊在大阪商船会社码头和大同海运会社码头的四艘日本轻巡洋舰在卸军火，并有一千四百名海军陆战队士兵上岸，一部分乘车前往上海北区的江湾路兵营，一部分开进平凉路 2103 号的日本商业学校驻扎。当日稍晚，有三十六卡车子弹、两门野炮、十五卡车木杆、四十只装有化学制剂品的箱子运往江湾兵营。而守卫这座城市的中国的保安总队也没有歇着，他们已经开始在外围挖掘战壕，构筑炮兵掩体，靠近龙华的中山路也被挖开了。

8 月 11 日晚 9 时，在上海以西五十公里外的苏州焦急待命的张治中将军得到了开进上海、准备围歼日军的命令。

自从 7 月底结束庐山的夏季军官集训后，这位沉默寡言、看上去有些病恹恹的指挥官早就按捺不住了。下山后，他被任命管辖从南京到上海这个中枢区域的军事力量，未来的战争很可能发生在这个地区。从这一任命可见，最高层已经把他视作指挥上海作战的最佳人选。曾经担任中央军校教育长的资历使他在军中人望甚高，军官们乐于听他指挥。之前，有着敏锐作战直觉的张治中意识到大战在即，一次次地向南京发电报请求允许先发制人，只因为上面还没有安排妥当，他才按兵不动。

当天晚上，张治中将军火速执行了南京密令，第 87 师、第 2 师补充旅的士兵们分乘早已待命的三百辆军用卡车，分别从常熟、无锡、苏州等地推进至上海市郊。第 88 师的士兵们则坐火车向着真如、江湾镇一线推进，前锋直抵闸北火车站。两万多名装备精良的士兵斗志高昂。这里是 1932 年他们曾经驻守过的地方，现在他们回来了。他们决心比上一次表现得更好。

8 月 12 日，星期四，清早，附近的居民们醒来后发现了街上的异常。成千上万的国民党士兵，身着簇新的卡其布军服，头戴德式头盔，手榴弹在肩侧荡来荡去。一些作战单位，早已在连夜筑起的防御工事和掩体后就位。

一夜之间出现的大量士兵让人们确信，战争不再是传言。这一次，战争真的要来了。

电车停开了。工厂不再冒烟。成千上万家庭拖儿带女开始逃难，想方设法越过苏州河进入租界，大部分人则直接出城逃往农村。这是上海有史以来最大规模的逃亡，其混乱程度远甚于 1932 年那次。

尽管战争一触即发，官方的会谈仍没有中断。难道还会有奇迹，会在最后一分钟达成和平解决的方案？谁都明白，剩下的交涉不过是一场外交表演。双方都想在这场已不可避免的战争中抢占道德制高点。

在收到五国大使联合照会后，中国外交部指出，尽管中国方面避免主动进攻日军，但上海局势已由于日本大量增兵日益恶化，“在此情况下，如果日本方面的挑衅行为导致冲突爆发，中国方面不能承担任何责任”。

8 月 13 日，美国驻沪总领事高斯和各国领事分别拜访俞鸿钧市长和冈本季正，建议中日同时撤军。这是这场表演的最后一个戏码。结束拜访时高斯说：“我认为这一努力不会收到什么效果，但我们已经找不到其他办法。”

高斯的话音刚落，闸北横浜路一带，第 88 步兵师的前锋部队已经与日本海军陆战队接上了火。

“八一三”淞沪会战这只魔盒，终于打开了。

第一章　受命

1937年7月7日—7月28日

1. 三元巷 2 号

7 月中旬，正是素称“火炉”的南京城最难挨的时候。

每年这个光景，南京政府各部院的要员们都要离开首都，前往江西北部的庐山或浙江北部的莫干山集中办公，同时享受几日清凉天气。今年因为入夏以来日军在华北频频制造事端，再兼浙江、闽北大水成灾急待救赈，要商议的事项多，6 月 27 日，国民政府主席林森就提前上了山。各省军政长官和暑期参训的军官团，也都在月底报到完毕。南京城里的车子一下子少了许多，马路似也宽阔了几分。

地处老城南要冲的三元巷 2 号，是一处有年头的老宅，外面看高墙深院，内里则亭台楼阁，还有一处花园水榭。相传这是清末某位海关官员置下的房产，国民政府成立之初，这里做过国民革命军总司令部，总司令蒋介石曾在此住过两年，一直到黄埔路官邸落成才搬出去。现在这个院子划拨给了国民政府资源委员会做办公用地，因是秘密机关，对外信函一律不印机关名称，门口不挂牌子，门岗查验极为严格。

这天早晨，颜耀秋坐了一夜火车从上海来到南京，当他出现在三元巷 2 号资源委员会大楼前时，发现这幢原本喧闹嘈杂的老楼已经门可罗雀。

报上说，此次庐山会议，共有超过一百五十名政治和文化精英、高级军官聚集牯岭，共同商议对日策略。再加 7 月 7 日日军在宛平县突然发动袭击引发空前危机，据说中共方面也将派人上山共商国是。各部委办都有工作人员被抽调上山，难怪偌大的南京城一下子变得空空荡荡。

电话召颜耀秋来京的国民政府资源委员会副主任委员钱昌照，他一向被蒋介石倚为文胆，在这关键时刻不去伴驾，而是留在南京，难道有什么特别重要的使命吗？颜耀秋绞尽脑汁也猜不透。先前秘书处在给他的电话中，也只是说钱副主任委员有“重大事项”与他面商。

是年四十三岁的颜耀秋是一位机械工程师，同济大学机械系毕业，在上海有自己的工厂——上海机器厂，同时也是资源委员会的一名外聘专家。“卢沟桥事变”一爆发，国民政府迫于各方压力，开始备战，其中一项，就是在资源委员会之下组织一个技术合作委员会。该委员会分机械、电机、化工、土木工程、公用事业、金融、经济、法律等十二组，每一组设委员五人，计划将之逐渐发展形成一个网罗全国专门人才的技术网络，以此动员全国技术力量共赴国难。颜耀秋以上海机器五金制造业同业公会主任委员的身份，担任机械组委员，这个月里已经是第三次到南京了。

国民政府资源委员会前身为国防设计委员会，1935 年 4 月与兵工署资源司合并改组而成，隶属军事委员会。蒋介石以军事委员会委员长身份兼资源委员会委员长，秘书长是行政院秘书、地质学家出身的翁文灏，钱昌照为副秘书长。因前些日子翁文灏受命赴欧，实际管事的是钱昌照。

颜耀秋在大楼一层的接待室等了将近一小时，才找到机会，与刚从一场会议中脱身的钱昌照见了面。先前专家组开会见过几面，算是熟人，也就略去寒暄，钱副秘书长直接说道：“现下外界风声紧急，上海工业多，一旦发生事变，将完全资敌，必须抢救。”

钱昌照说出了召颜耀秋来京的目的，他要颜耀秋以上海机器五金制造业同业公会主席委员的身份登高一呼，动员

“在野人士”自发组织起来，准备工厂内迁。

颜耀秋一听“在野人士”四字，心下不免犹豫，工厂内迁这么大的事，应是政府统一部署，怎么让民间自发进行？眼下战事在即，让那些工厂主抛家别舍离开上海，把工厂迁到内地去，岂是一件容易的事？他想说些什么，电话铃响了。好不容易等钱昌照放下电话，秘书来催，下一个会议又要开始了。

他看着钱昌照圆珐琅架镜框后布满血丝的眼睛，年轻的脸也变得清癯而憔悴，心想，该死的日本人把什么都搞乱了，国家连这么重要的事都顾不上了。当下他也不多说，只是答应回上海后，试着动员同业响应号召。

时已正午，颜耀秋饥肠辘辘，也没有人来问他是不是要用餐。好在巷头巷尾有好几家面店，专售当地一种板鸭熬制的皮肚面，颜耀秋吃过几回，很喜它汤料充足，类似杂烩，就找了一家干净的店面靠窗坐下，边吃边俯瞰这秦淮河周遭的市尘。

颜耀秋是浙江桐乡人，大学毕业后进商务印书馆，在其附属的华东机器厂做了八年高工，历来视机器如性命。商务印书馆的厂子建在闸北，离北火车站近，图个进出货物便利。太平日脚，市面兴旺，同行也眼红厂址选得好。但一有战事，先遭殃的总是闸北。一闻枪响，闸北就人心惶惶，不分水陆，争相逃难。八年里，颜耀秋那个厂就逃难三次。

先是民国十三年（1924 年）的齐卢大战，直系的齐燮元与皖系的卢永祥，两个督军为抢夺上海地盘打作一团；再是福建的“笑面虎”孙传芳趁机而入，插上一脚。仗打了四十几天，不止最早的交战区黄渡一带十室九焚，安亭镇、南翔镇和整个闸北，富户大店也多遭受打劫，工厂全都关门。一直到 1927 年春天，国民革命军挥师东进，和共产党领导的工人武装联手赶走孙传芳手下大将毕庶澄，市面总算又太平了些，但闸北一大片工厂，散了的人气却一时三刻恢复不过来了。

颜耀秋后来和朋友买下商务印书馆机器部，合伙开工厂，自己当老板。这一回，他吸取了三次逃难的教训，把新开的上海机器厂建在杨树浦的丹阳路，托庇租界。他们的厂子虽在上海，有生意来往的却大多是临海农村商户，生产的小型柴油发动机、水泵和小型碾米机，用于打水、砻谷、榨油、碾米等农事，小小的“五福牌”商标，居然顶住了洋货竞争的压力。他还通过兵工署里同学的关系，招揽到了金陵兵工厂军械修配生意。就在生意蒸蒸日上之际，“一·二八”淞沪抗战爆发，鏖战月余，最后虽由“国联”出面调停签订停战协定，他的工厂却已停工半年，损失惨重。

就在那场战争中，他的老东家商务印书馆几遭没顶之灾。开战第二日，日军的燃烧弹击中了这家当时中国最大的出版机构，整个印刷车间和隔壁藏有珍本书籍的东方图书馆几乎全化为灰烬，附近几条大街都飘飞着烧卷的书页。

“卢沟桥事变”后，各种令人不安的传言满天飞，但却并不妨碍上海仍是首屈一指的经商和掘金之地。最初的惊惶过后，聚集在证券交易所和黄金市场的人们失去了继续谈论战争的热情。他们转而抱怨开了上海的高温天，担心即将到来的台风季，好像天气才是值得他们关心的事。表面上一切都很正常，虹口那边的日人居住区也没有什么异动。7月10日，到访上海的东京明治大学棒球队击败美军驻上海舰队的棒球队，引得报界大加报道。再到7月14日，法国解放巴士底狱纪念日，停靠在小东京码头的日军旗舰“出云”号加入法军巡游舰队，夜色中展示了功能强大的探照灯。除了一些爱国人士经常莫名其妙地燃放鞭炮庆祝北方前线大捷——那也多是小报传言——战争离这座城市似乎远在十万八千里之外。

但颜耀秋有南京的消息渠道，知道表面的和平只是假象，很可能，这都是最高统帅部为了在上海发动一次大规模会战，故意营造松弛的假象。他有过前番数次逃难的教训，早早就开始筹划杨树浦厂区的搬迁事宜。此次来南京前，他已做出安排，一部分厂房和设备迁到静安寺路马霍路口（今南京西路黄陂南路口），另一部分迁到南市；7月底前，两地分别开工，以做“狡兔三窟”之计。至于留存杨树浦厂房的一部分机器，除了派人看管，他也无暇顾及了。①

作为一个从事机器制造业多年的“老法师”，颜耀秋深知，上海一地的工业对这个国家意味着什么，自然也更能理解钱副主任委员为何心急如焚要自己来南京。

中国的工商业自开埠以来，向来就在东南沿海商埠一带发展，工业布局十分不平衡。上海因着交通、原料、电力、技术、市场、金融、捐税、劳工等各种条件的优越，又因为治外法权的特殊地位，这几十年里，工厂规模迅速增加，如同喂食了速长饲料一般，这座城市到二十世纪三十年代已经成为中国最大的工业城市了。实业部每年公布企业年报登记，他时常翻阅，到1936年底，上海的规模厂家已不下千家，若是把军用与国营工厂都算在内，再加上周边江苏与浙江两省的企业，东部沿海地区的工厂数量已经超过了其他所有城市工厂之和。

他以前和朋友们聊天，常听人说，可惜中国没有强大的

① 颜耀秋口述，李宝森记：《抗战期间上海民营工厂内迁纪略》，吴汉民主编：《20世纪上海文史资料文库》第3辑，上海书店出版社，1999年，第378页。

海军、空军，不然，以上海迅猛发展的金融和制造业，倒可以媲美黄金世界的纽约。言下之意是上海的工业就像在沙丘上建城，一有风吹草动就会崩塌。刚刚结束的谈话，钱副主任委员忧戚的表情已经明白无误地告诉他，上海工业的火种能不能保存下来，能不能安全转移到内地，关乎全中国的工业体系能否在战争中延续下去。

可问题是，他区区一个机器五金制造业同业公会主席委员，无职无权，担得起搬迁整个上海工业的重任吗？这份沉重的责任放在眼前，他忽然感到害怕。

他觉得，钱副主任委员似乎找错了人。

2. 19路军的武器专家

对于四十岁的资源委员会专门委员兼工业联络组组长林继庸来说，如果中日真的在上海爆发冲突，这将是他在这座城市经历的第二场战争。自上次战争结束以来，坊间一直传闻，上海这座城五年历一大劫，他想，这真的会是一个走不出去的魔咒吗？

五年前的1932年，他担任19路军顾问兼技术组组长，亲身经历了为期一月有余的“一·二八”淞沪抗战。

那场发动于隆冬的战争，闸北区首当其冲。这里林立的厂房成了中日两国士兵激战的天然堡垒，杀红了眼的士兵们热衷于以一种短暂的非正式交战的方式短兵相接。林继庸曾目睹闸北的工厂被战火吞噬的惨状。“素称富庶、人口稠密、工厂学校林立之区，变成一片焦土”，有外电如是报道。

五个星期的交战结束后，日本人取得了胜利，却付出了惨重代价。中国军队虽以失败告终，却收获良多，最起码是重新找回了自信，知道遭受外侮时可以反击并给予侵略者迎头痛击。尽管战后五年上海启动了重建，但闸北的每条街巷、每幢建筑留下的累累瘢痕是短时间内难以去除的。而且，真的如那咒语般的传言所说，五年后，死神的钟摆又荡了回来。这一次，会发生何等规模的流血事件，数百万无辜的市民又将付出怎样的代价？林继庸心中无数。

出生于广东香山县的林继庸长着一张标准的岭南人的脸，脑门前凸，肤色沉着，说起话来声若洪钟。他戴一副度数不甚深的眼镜，却长着北方人般的高个儿。

据他自称，他祖籍福建莆田，祖上是在南宋末年为避战乱，辗转南徙到香山县的。林氏族人一直务农为生，到了他的曾祖父林谦，由秀才而举人，举孝廉方正，授直隶知县。但因为太平军起义，他的曾祖父未赴任，一直在家乡教书，侍奉老母。曾祖父创设的一支地方团练武装，还成功抵制了太平军对县城的一次袭扰。林继庸的父亲弱冠之年进广东水师学堂学习轮机技术，毕业后在两广方言学堂、广雅书院、法政学堂担任教习，并与胡汉民、孙眉、朱执信、汪兆华等革命党人暗中往来。

林继庸出身在这样一个由农入仕的家庭，思想自比他人活跃，又受着报刊上梁启超风雷文章的影响，对革命党人愈加同情。据他晚年自述回忆，黄花岗之役发生时，他在广州上小学，还和三弟一起救助过一位革命党人。“那天我好奇爬到屋顶上偷看，秩序似乎并不很乱，只是家家户户都关起门来，街上清军与革命党人来来往往，我们常替革命党人焦急。”①

北京大学理工科预科毕业，林继庸即往天津北洋大学攻读采矿。1920 年 10 月，他自该校肄业，坐“南京”号轮船赴美，入纽约州特洛伊镇伦斯勒理工学院化学系就读。这是全

① 张朋园、林泉：《林继庸先生访问纪录》，台湾“中央研究院”近代史研究所，1984 年，第 10 页。

美最古老的一家理工学院，他半工半读，再得族人之助，终得完成学业。

在波士顿附近的工厂实习期间，他开始对工业发生兴趣，仔细排摸国内工业资源状况，还把研究心得写成五万字的长文，寄给时任实业专使张謇。虽没得到只字回复，工业救国的志向却在那时种到了心里。

回国后不久，林继庸在上海与族人亲友合办了一家化学工厂。当时的人大多目光短浅，以为投资办工厂，很快就能发大财。不想厂子只办了半年多，这年春天，北伐军打到上海，工厂生产停顿，不得不关门了事。他不只失去生计，还背上了巨额债务，“人们事后说那工厂的风水不好，我亦无言。战后我经过厂地，已片瓦无存了”。

其间有同乡出面，介绍他去一家英国公司当买办。年入红利 1 万多两银子的职位，不是没有诱惑，但自小埋下的民族主义的种子，终究使他耻于为外国人做事。

办工厂既有了失败的教训，他便有了戒心，不能与那班今天拿本钱、明天就要分红利的人合作。好在他还有一张伦斯勒理工学院的文凭，于是进了复旦大学教书，当理科化学的教授。理科改组理学院，增设化学系，他遂以教授身份兼任理学院院长、系主任。

他一当院长，就和化学系的几个教授创设了“化学兵器课程”。中国积贫积弱，常受外国欺侮，眼下无战事，不代表将来也无战事，所以这门课程的设置，不只让学生认识化学兵器，更要以备将来战事需要，是要用于实战的。他还亲自在学校礼堂做关于国防化学的演讲，组织国防化学等项目的表演，参加人数最多时达上千人。

复旦公学成立之初，创始人马相伯先生对体育十分重视，特聘英美教官进行兵操训练，海军元老、校董萨镇冰也曾亲自到校指挥兵操。1927 年学生义勇军成立，定制专门军服，每日晨昏到江湾跑马厅操练，南京军政部还专门配给枪械，饬令驻沪第 19 路军进行军事技术指导。

“九一八事变”震惊全国，校务会议遂决定成立军训委员会，由林继庸任主任委员，温崇信任副主任委员，将全校学生编入三个大队，并组建女生救护队，跃跃欲试要开赴前线，投笔从戎。京沪其他高校纷纷效仿组军，复旦乃联合其他八所学校，举行义勇军首次大检阅。一时，学生义勇军声名大噪，电影公司专程到校拍摄纪录片，国民政府军事将领和学者如王柏龄、陶希圣等也常来演讲军事。驻沪 19 路军 156 旅翁照垣旅长专门派人前来指导军事。用林继庸自己的话来说，“把京沪一带变成为学生义勇军的世界”。

1932年“一·二八”淞沪抗战爆发，当日本海军陆战队盐泽少将带领的精锐部队进入闸北时，遭遇了19路军的奋起反击。这是一支粤系为主的军队，总指挥是蒋光鼐，军长是蔡廷锴，下辖沈光汉、毛维寿、区寿年率领的三个师。五十多名学生义勇军主动请战，随156旅布防吴淞、蕰藻浜一线和上海北站。

后经蔡廷锴将军劝慰：“平日养兵，用于此时，国家造就一大学生，殊非易易，勿容轻易牺牲。”学生军撤出战场，退至闸北太阳庙承担通信救济及维持治安等任务。

19路军与日本海军陆战队甫一交火，林继庸在闸北天通庵路的住处就中了炮弹。无家可归的他暂住到一个朋友家里。第二天早上，他发现通往江湾校区的路全都中断了。行至西藏路口的慕尔堂，童子军在堂内担任救护工作，正缺一个写布告的，林继庸遂自告奋勇担任了这份工作。

这一日他正写布告，来了两个19路军的人，要接他去军部。军方正寻找并动员各路技术专家帮助作战，他们已经找了这个化学专家好久。林继庸遂被任命为19路军顾问兼技术组组长，专门负责研制武器。和他一起担任此项工作的除了部分学生义勇军骨干，还有本城五金、化学工厂的一些工厂主。

这些充满爱国热情的工厂主，后来都成了他的朋友。配合最为得力的是嘉定人胡厥文，此人性情豪爽，性喜钻研各种机械，曾是上海机器五金制造业同业公会连续两任的主席委员，开有一家专门从事纺织机械修配的新民机器厂，为金陵兵工厂生产机枪配件，名下还有胞弟胡叔常任经理的合作五金厂和长城机制砖瓦厂两家企业。

胡厥文接到19路军要他生产十五万枚手榴弹的订单，亲自下到车间，日夜赶制，胡子老长了都没有时间打理。林继庸到厂子里去找他，他的胡须已长逾半寸。胡厥文要刮了胡须再来跟他说话。林继庸笑着说："刮什么！留起来做个纪念吧，等我们哪天打到东京去了，再剃不迟。"

林继庸在19路军做了一段时间技术组组长，忽一日，一个叫徐宽甫的人找上门来，自称是中央研究院庶务部主任，奉院长蔡元培和总干事杨铨（杏佛）之命，邀他到法租界亚尔培路（今陕西南路）中国科学社一晤。蔡元培是他读北大预科时的校长，杨铨先生虽素未谋面，大名也是久仰了的，于是跟着来人到了亚尔培路。

蔡、杨两位先生和他谈了个把钟头，大意是要他借着在19路军做顾问之便，又兼熟悉上海实业界情形，把上海的科技专家和各大企业家召集在一起，集中制造武器。两位先生还表示，可以把中国科学社这幢小楼暂交他使用，并供给一切用度。林继庸知道蔡先生前清时做过革命党人，秘密制造过炸弹，没想到他这个年纪了还血性不泯，也就一口应承下来。

他们当即拟定了名单，发函邀请名单上的这些专家和工厂主到中国科学社前来晤谈。林继庸担心到的人不会多，没想到开会当日，到场的有两三百人，全堂满座。

会议开始，林继庸作为军方代表讲了召集大家来此的缘起，蔡元培、杨铨两位先生分坐左右，随时插话和提示。说起日军暴行，工厂主们“个个怒气填胸”“大有灭此朝食之势”。实业界和工商界的大佬们看蔡、杨两位先生面生得很，对林继庸的为人却是了解的，知道他办厂亏了全部身家也不跑路，咬牙要把债务全部还上，这种讲信用的人，他们对之很放心，都愿意跟着出钱出力。会后，数百套防毒面具，几十万枚手榴弹、照明弹和烟幕弹的生产任务，工厂主们都当仁不让地领走了，谁也没有开口提钱。

技术专家不够，好在有复旦化学系的师生可以动员。义勇军们被劝阻不能上前线，澎湃的爱国热情正无去处，一听都踊跃报名。在复旦化学系的实验楼、大世界附近的厂房，林继庸带着武器专家和五金工人们日夜赶制手榴弹、计时硫黄弹、烟幕弹、防毒面具等各种武器。工人们都铆足了劲，中途也不回家。一位化学系助教回忆，一次试制黄色炸药，结晶、过滤、洗净后，放入烘燥箱烘干，忘记切断电源，便离校回家了。一想起这事，赶紧赶回去，一位工友已经把插头拔下，“始将悬吊之心放下”。

到 2 月下旬，他们已制成相当数量的弹药及烟幕弹，遂与驻军联系，到真如指挥部施放，效果极佳，于是全部弹药交给军方投入使用。一直到 1932 年 3 月初沪战结束，19 路军撤出上海，这批烟幕弹还用于掩护战场撤退。

在 19 路军任技术组组长时，林继庸认识了各种各样的人，其中一人是曾任上海兵工厂厂长的阮尚介。阮尚介早年毕业于德国柏林工业大学工科，做过一任同济大学校长，人脉资源极广，在他的牵线下，更多人加入了林继庸的武器制造队伍。他们中有哈佛大学毕业的物理学家胡刚复，曾在德国西门子电机厂担任工程师的徐学禹、包可永，曾任沈阳兵工厂厂长的洪中，化学武器专家吴钦烈，航空专家王承黻等，还有流亡上海化名王雄的朝鲜抗日志士金弘壹。

看到停泊在黄浦江畔耀武扬威的日本海军旗舰“出云”号，大家忽然有了一个大胆的计划，决定将之炸沉。于是武器专家们开始研制水雷。“先向上海兵工厂制造 500 磅 TNT 水雷，并透过杜月笙氏，转商前水上警察厅长沈葆义，挑选富有血气，精于泅泳之‘水鬼’凡十五人，至四马路一品香西菜馆大嚼，酒酣耳热之时，林氏慷慨陈词，说明任务，众皆感动，愿赴死难，为国捐躯。乃同赴闵行，加以训练……”

死士们到四马路（今福州路）一品香西菜馆“大嚼”一节，颇类风萧萧兮易水寒的小说家笔法，不足为凭。另据说，那十五个水性极好的年轻水手是有着“暗杀大王”之称的王亚樵通过帮会招募来的，他们大多是黄浦江上捕鱼打捞、跑运输的穷苦人出身。

1932 年 3 月 1 日晚，十几名执行任务的潜水队员携带水雷和密封在铁皮匣子里的炸药，钻进了杨树浦汇山码头附近的芦苇深处，向着停泊在不远处的日舰靠近，把水雷和炸药挂上了“出云”号和附近另一艘军舰“檑”号的底部。

一阵沉闷的爆炸声过后，“出云”号并没有如预料中那样下沉，倒是“檑”号的甲板被炸出了一个大洞。几天后，报上登载消息称，“出云”号旗舰遭不明武装袭击，海军某上将在爆炸中伤重不治去世云云，也不知真假。倒是“檑”号被拖走修理，很长时间都没有露面。这次爆炸事件后，所有日舰都不敢再在江边停泊，转而驶到了江心。

因几起爆炸案都与 19 路军技术组组长林继庸有关，日本情报部门捕之甚急。一些长相与林继庸有几分相似的人在盘查中遭到逮捕，受到严刑审讯。租界已不能待下去，义勇军也已遣散，林继庸在当时尚属偏僻的复旦燕园蛰伏了一年，几乎足不出园。到了 1933 年春天，他实在厌倦了这种囚徒生活，于是乔装离开上海，先是回到广州暂住了一阵，不久就出国去了欧洲。

他在位于捷克第二大城布尔诺的斯柯达兵工厂[①]做了三年工程师。这是一家生产轻型武器的军工企业，日后在二战战场上大出风头的 ZB-26 式轻机枪就是该厂的杰作。兵工厂为他这个来自中国的工程师提供了优渥的待遇。此时的欧洲还笼罩在战前虚假的宁静中，工作之暇，林继庸也会离开布尔诺，趁便考察德国、荷兰、意大利等国的工业发展趋势。

这些考察对他最大的启发是，工业与军事息息相关，不可分离："在平时，工厂生产日用品供应社会所需，在战时，即可制造军火，支援军队作战，这是我在德国及捷克的观感。"[②]

尽管远在欧洲，他却也感觉到了日本侵华的欲念愈燃愈炽，想着自己不能贪图享受，总得做些对国家、民族有益的事，于是在 1936 年春取道返国。

---

① Ceska Zbrojovka，通常汉语译法为"塞斯卡 – 直波尔约夫卡"兵工厂。
② 张朋园、林泉：《林继庸先生访问纪录》，第 18 页。

他先到广州。正好这段时间蒋介石也在广州，在老同学陈立夫的安排下，蒋介石接见了他。这是他第二次谒见蒋。第一次是在 1932 年的春天，在学友曾养甫的推荐下，蒋介石在杭州澄庐单独会见了他，并邀请他到南京工作。

四年不见，蒋介石脸色憔悴不少，但对他这位海外归来的科学家仍然礼数周到，对林继庸的近况“垂询甚详”“备极关怀”。蒋介石极有兴趣地听他讲了斯柯达兵工厂的工作经历和考察欧洲各大工厂的心得，又重提请他去南京工作的事，允诺他可以在兵工署和资源委员会两个机构中任选其一。这一回，林继庸不再犹豫，谒见结束，他就迫不及待地前往南京。

他先去了兵工署。只因署长俞大维“礼貌欠佳”，他打消了去兵工署工作的念头。然后他去了三元巷 2 号的资源委员会。出面接待他的是副主任委员钱昌照，因主任委员长翁文灏尚在国外，钱是实际的当家人。

钱昌照是光绪二十五年（1899 年）生人，小林继庸两岁，来自江苏常熟一个书香门第，曾留学英国，先后就读于伦敦政治经济学院和牛津大学，师从拉斯基、韦伯等著名学者。一个多小时的会谈里，大多时候都是钱昌照在大谈费边社的理论。谈话气氛甚是融洽，钱昌照的一派儒雅风度折服了林继庸。谈定的结果是在资源委员会内部成立一个部门交由林继庸负责，但需一个月之后再做答复。于是林继庸回到上海等待消息。

一个月的期限很快就到了，却无南京的片纸只字传来。林继庸沉不住气了。“我以为钱副主任委员把我的事忘了，或者国家不需要我了，为了谋自己出路，打算再到欧洲去。”他买了去广州的船票，准备在那里收拾行装。动身之前，他还是给钱昌照发了一个电报，说约定的一个月时间快到了，事情到底进行得如何？如日内再无消息，就只能再赴欧洲了。当晚，他就接到了钱昌照的电报，要他即赴南京。

钱昌照对让他久等表示了歉意，又对叠屋架床的官僚机构导致办事效率低下发了一通牢骚。他说，资源委员会已经正式决定成立工业联络组，任命林继庸以专门委员的名义兼工业联络组组长，具体职责是联络国内工业界人士，推动资源委员会各项事业的发展。

这几年，资源委员会在内地筹办了数家大工厂，一些研究工作也已在着手进行，他建议林继庸从全国工业普查着手，对全国工厂分布概况、制造能力及所拥有的人才，进行一次全面调查，俾使资源委员会做出全盘性规划。

尽管这只是资委会里的一个科级官员，林继庸也欣然上任了。他训练了三十几位年轻的工作人员，把他们派到全国，花三个多月完成了厂矿实业调查。一些重大的研究课题，资委会自身无暇开展，则分别委托国内高校及一些研究机构加以调研。

整整一年，他有大半时间奔走在北平、天津、武汉、青岛等城市，与专家们会谈。“将题目交给他们研究，经费由资委会负担，预期研究成后，将资料及人员一齐送到资源委员会，整理设厂执行，此为民国二十六年春天的事情。”①

此时，离抗日战争全面爆发已只有三个月时间。

3. 战争机器启动了

南京徐府巷斗鸡闸4号，最初的房主是一个姓王的商人，后来房屋被转手，成了金陵大学文学院院长陈中凡的私宅。军政部部长何应钦一次到金陵大学，相中了这块宝地，就高价买下，建了一幢西班牙风格的三层别墅，明黄色外墙，屋

① 张朋园、林泉：《林继庸先生访问纪录》，第21页。

顶覆以瓦蓝色琉璃瓦，人称何公馆。

斗鸡闸，顾名思义，这里是南北朝时王公贵族斗鸡寻乐的地方。

1937 年 7 月 21 日，下午 4 时，在这处南京官邸，刚刚结束庐山整训回来的何应钦亲自主持了国家总动员设计委员会实施谈话会。到会者不过十五六人，多是大本营六个部的一、二把手。

国家总动员设计委员会，是“卢沟桥事变”爆发后国民政府军事委员会应急成立的战时机构，下辖六个部，由行政院、参谋部、军需署、兵工署、交通部、资源委员会、经济委员会等要害部门充任（这一战时机构仅是昙花一现，于 1938 年初解体）。这个委员会的职责是对粮食、资源、交通、医药用品等实施战时统制，并着手民众组织与训练、财政金融之筹划等事项。

资源委员会属于第三部，主管经济和兵工。因第三部部长翁文灏此时还在欧洲担任一项重要使命，由副部长钱昌照和俞大维共同出席。

大本营主任委员何应钦主持会议，和他一同亮相的还有两位副手——交通部部长俞飞鹏和军政部次长曹浩森。何应钦传达了蒋介石庐山讲话的精神：政府不会视平津问题为局部问题，不会听任日军宰割，“中国希望和平而不求苟安，准备应战而决不求战”。这也是国民政府解决“卢沟桥事变”的立场。接着何应钦宣布，当前总动员业务中急需筹划实施的六项，为粮食、资源、交通、民众组织与训练、各地卫生机关及人员材料、金融财政，布置了各项统制的主办机关和会同负责机关。

会议开得很简短，不像平常各部委办开会，总有人交头接耳。事态紧急，没有人顾得上闲话。何应钦讲话时，众人都凝神静听，会场里只有记录员罗泽闿沙沙的抄录声。

中日之间那一本账，远到甲午，近到民国十七年（1928年）济南城下以虎狼之兵阻二次北伐，再到“九一八”掠我东北，沉甸甸地摊在每个与会者的心头，压迫着他们的神经。眼下对日抗战，高层立意已定，决定出动中央军北上，大家都觉一扫几年积郁，可以好好出一口气了。

分解各部任务时，何应钦说，资源统制由资源委员会、实业部、军政部、财政部、经济委员会、交通部、铁道部会同筹办，资源委员会召集。钱昌照作为资委会主持工作的副主任委员，把何应钦的指示一条一条认真地记录在笔记上，以备向翁文灏汇报。

会议结束，何应钦说：时间紧迫，今日所商之事，大本营会即刻发文，各部要迅速遵照执行，请于文到一日内，迅即召集相关机关筹议实施办法。

7月23日，国家总动员设计委员会正式文函到达资源委员会。7月24日上午9时，钱昌照在南京三元巷2号的资委会大楼召集六机关举行第一次会议，议决分财务、矿冶、燃料、机器化学、棉业、建筑材料、牲畜毛革及专门人才八组分别研究并实施。

战争机器已经启动，中央各部委机构都在大调整，一派乱哄哄中，整个国家都在向战时机制转型。钱昌照深知自己这个部门的重要性，因为战争进行到最后，比拼的往往是经济与国力。大战方始，第三部的部务千头万绪，翁文灏部长又远在欧洲，不及请示，职分所系，他又专门写条陈向最高当局建议：水泥、木材、钢条等防御物资的需求量极大，宜多拨资金，在沿江沿海地区大量收购，迅速内运；另外，石油和煤炭是战略物资，于备战十分重要，资委会应专门组成汽油管制机构和煤炭管制机构，负责统制分配。

上面很快同意了。他把这个新机构交给了素所信任的杨公兆负责。杨公兆是柏林大学地质学博士，曾任清华大学秘书长，做事不厌其烦，把汽油和煤炭分配处置得井井有条，各部都无意见。“当时南京实行灯火管制，夜间全城漆黑，独有资源委员会所在地三元巷2号灯火辉煌，忙于指挥生产运输和分配这两宗物资。”[①]

唯有一事，钱昌照一想起来总觉得不踏实，那就是沿海工业的内迁。

钱昌照在资源委员会任职多年，对国家的一点工业家底了然于胸，深知最大弊病在于资源缺乏，工业落后，布局零散。先前在蒋介石身边工作，他就数次建言，中国工业多集中于沿海一带，设中外有战事发生，沿海各地先遭轰炸，工业势必被摧残无余，须以沿海地区的先进工业支援内地，合理布局工业结构，如此方能在可能爆发的战争中立于不败之地。

1932年“一·二八”淞沪抗战，上海工业曾遭受重创。[②]当时钱昌照就建议将包括上海在内的沿海主要工厂内迁。但战火一停，除了极少数有卓见的工厂主未雨绸缪，一般人脑筋里，仍持有较重的安土重迁思想，个别有主张内迁的，也以为迁离上海至苏州、无锡一带便算安全，所以，这五年工厂内迁实际上并无大的推进。

“卢沟桥事变”后不久，各部委的长官们还在庐山开会

① 钱昌照：《钱昌照回忆录》，中国文史出版社，1998年，第54页。
② 《民国上海年鉴汇编·1937年》：“据国民党上海市社会局调查，全市工厂受巨大损失者963家，损失金额6 000余万元。当时人们惊呼：‘六十年来，沪埠工业所受打击，未有若是之大者也。’”转引自孙果达：《民族工业大迁徙：抗日战争时期民营工厂的内迁》，中国文史出版社，1991年，第2页。

时，钱昌照曾约请资委会专家委员、上海机器五金制造业同业公会主席委员颜耀秋来京，希望颜委员回去动员上海的工厂主们内迁。他与颜耀秋不熟，一起开过几次会，只觉得这个人很能说，又透着一股上海人特有的精明。

一个星期过去了，上海那边的工厂仍无动静。以钱昌照对上海工厂主们的了解，他们惯会投机，唯利是图，有时又存有赌徒心理，让他们迁厂，其困难不异于搬山，颜耀秋遇到的阻力不难想象。

工业内迁这么大的事，过去的五年里，国家都没重视起来，又怎敢奢望“在野人士”自发组织？他对颜耀秋已不抱希望，但谁又是那个合适的人？

在新一轮大战爆发前把沿海的工业搬迁到内地去，到底可以做到几成，他心中没底。

4. 工业化的信徒

是年三十八岁的钱昌照，字乙藜，出身于江苏常熟的一个书香门第。常熟最有名的是明清之交的绛云楼主人、宗盟文坛五十年的虞山钱谦益。没有证据表明钱昌照是否出自同一个钱家。钱昌照的生母是晚清著名诗人龚自珍的孙女。龚自珍的儿子龚陶，做过一任金山知县，其独女由著名的常熟翁家和曾任贵州巡抚的庞鸿书从中作伐，嫁给了常熟鹿苑镇的一位官绅之后钱荃琛，此人即钱昌照的生父。

因了这一特殊的出身，钱昌照初入官场担任政府秘书时，蒋介石每与他聊，谈话内容除了国内外政治经济，总会聊一聊龚定盦的《己亥杂诗》。

钱昌照的中学是在浦东中学念的。这所由晚清水木行领袖杨斯盛用一生积蓄创办的学校，是当时上海最好的两所中学之一（另一所是南洋中学），他在这里接受了五年混合着儒家伦理、"小学"考据、现代声光电和民族主义革命的杂糅式教育。

正逢五四运动爆发的1919年，钱昌照中学毕业，考取伦敦政治经济学院，毕业后又入牛津大学继续研究经济。在伦敦政治经济学院这座费边社的大本营里，他和学兄，即未来的连襟陶孟和一起师从韦伯、拉斯基，接受了一种改良式的社会主义思想启蒙，但英伦四年给他种下的更多的是工业救国的种子，从那时起他相信：中国要富强，必须走工业化道路。

课业之余，他也常去巴黎和柏林度假。当其时也，许多影响二十世纪中国的政治领袖和文艺大师们也都在欧洲游历，有人信仰共产主义，有人做绅士派，也有人着迷于表现主义野兽派。这个家学渊厚的年轻人浸染时风，经常出入卢浮宫观瞻历代大师画作，还梦想着把异域所见所闻和留学生们的八卦写成一部长篇小说，但那部小说终究没有写成。

因着常熟钱家与南通的张謇家族是世交，二十年代初，北洋政府派张謇的儿子张孝若考察英美日等国实业时，钱昌照作为随员也参加了，一路跟着从伦敦、曼彻斯特到格拉斯哥，看了纺织、造船等工业。然后他们乘坐当时最大的邮轮"伊丽莎白女王"号渡过大西洋，走马观花了芝加哥、费城、洛杉矶等城市，参观了底特律的福特汽车公司，最后在西雅图坐船前往日本。

可能是对这个东瀛邻邦天生一股子嫌恶，再加船上略感风寒，在日本的一个月里，他几乎很少去考察。跟着考察团一路走下来，他总的印象是，英国工业已经陈旧，美国是后起之秀，日本工业仿效德国的多、独创的少，但军工所占的比重越来越大，不能不让人心生悚惕。

回国后，他曾经希望找到一个掌握枪杆子的实力派人物来实现他的工业救国主张。通过政坛不倒翁张謇的关系，他找过张作霖、冯玉祥、阎锡山、吴佩孚，还去南京见过五省联军司令孙传芳。

他对张作霖没有深刻印象，又觉得冯玉祥夸夸其谈。阎锡山“花样多，城府深”。吴佩孚在洛阳的官署里招待他吃了一顿烤白薯。吴“身穿棉袍，白薯屑落了一身”，大谈做人哲学，什么中学为体、西学为用，让他觉得这人“有些迂”“不是有希望的人”。孙传芳倒是向他抛来了橄榄枝，发来一张聘书要他担任秘书处处长。他的朋友，包括父执辈的张謇都劝他应聘，因为孙传芳扬言要把东南五省建设成全国的模范区，不久前还把地质学者丁文江延揽到麾下出任淞沪商埠总办，一个相当于上海市市长的职位。但他觉得孙传芳很不好相与，说话吞吞吐吐，令人捉摸不透，更要命的是满嘴喷着鸦片烟味。他怕明着拒绝，孙传芳会来家中找麻烦，于是找个借口离开常熟，跑到上海躲了起来。

有段时间他租住在江湾蔡家花园。花园的主人蔡香荪，与钱家有旧，房租分文不收。经常来看他的有程沧波、金岳霖、徐志摩、张歆海、赵正平、张君劢等一干旅欧结识的旧友，一来就大谈中国政治的前途。日后的大法官吴经熊当时在东吴大学教书，还邀请他去大学任教。

钱昌照对他的朋友们说，欧洲四年只学得一些现代经济的皮毛，对自己国家历史的了解却漆黑一团，因此他决心用一到两年时间研究中国历史，“不了解过去的历史，又怎样能策划将来呢？”他还真的说干就干，案头堆满了《史记》《汉书》《资治通鉴》等大部头。经常来江湾蔡家花园陪他读史的是好友张东荪的哥哥张尔田，一位研究李商隐诗歌的专家，在这位专家的影响下，他对旧体诗词的兴趣也高涨了起来。

这时，北伐军兴，南北政治气候在上海秘密交锋，钮永建受广州大元帅府指派潜回上海，有时约了吴稚晖来蔡家花园。他们劝这个正在四处寻找出路的年轻人去广东，到黄埔军校教书。他们说，革命的中心在广州，黄埔更是奠定军事的基础。平素很少夸人的吴稚晖对蒋介石推崇备至，说他有雄才大略。但钱昌照觉得自己一个学经济的，去黄埔只能打酱油，没答应。

这时他已订婚了。姑娘是来自嘉兴东栅口沈家的三小姐沈性元。介绍人是与钱沈两家都有交情的黄伯樵。沈性元有两个姐姐，大姐沈性真，字亦云，能干而有文采，此时已与曾任北洋政府外交总长的黄郛结缡。二姐沈性仁，也是个冰雪聪明的女子，是个翻译家，译著有王尔德的戏剧《遗扇记》（即《温德米尔夫人的扇子》），偶尔出入新月派沙龙，掀起一众青年诗人的情海醋波，后来嫁给了陶孟和，多情的金岳霖曾以藏头诗“性如竹影疏中日，仁是兰香静处风”赞其仪态高雅。沈性元还有个哥哥叫沈怡，是位水利专家，曾经留学德国，日后做过一任南京市市长。

沈三小姐毕业于天津直隶第一女子师范学校，性喜习字，爱唱昆曲。钱昌照与之订婚后，因沈性元那时住在大姐夫黄郛家里，他也经常跑去蹭饭。

1927 年春天，北伐军进入上海，黄郛出任上海市市长，蒋介石以国民革命军总司令的身份到场讲话，钱昌照这才知道，他的这位大连襟与蒋介石渊源极深。辛亥革命时，陈其美任沪军都督，黄郛是沪军第 2 师师长，蒋介石是他手下一个团长，是以蒋介石一直尊称黄郛为二兄。一次席间，钱昌照碰到了蒋介石和蒋夫人陈洁如。他亲耳听到蒋介石叫沈性元的大姐为二嫂。

这是钱昌照与蒋介石第一次会面，直觉是“此人城府很深，说话不多”。被称作蒋夫人的陈洁如是一个小眉小眼的宁波镇海籍女子，不大爱过问政治。这次晚宴后不久，她就被送出国去了，再接下去是报纸上铺天盖地的蒋介石和宋美龄在大华饭店举行婚礼的消息。这是发生在光怪陆离的 1927 年的最后一件大事。

他拿蒋介石与先前见过的实力派军人比较，觉得辅佐此人或能干一番事业："他是军人，缺乏国际知识，我甘愿为他拾遗补缺，借此可以做一番富国强兵的事业。"

因着黄郛的这层关系，钱昌照进入政府，先在外交部任秘书，不久转任国民政府秘书。彼时，黄郛因在对日交涉"宁案""济案"中替盟弟蒋介石背了锅，朝野啧声四起，便隐居莫干山称病不出。但蒋介石对之还是非常信任，每遇大事，不时垂询。钱昌照也因此蒙蒋介石垂青，除了每日陪同接见大员，还要在军政要员麇集的纪念周集会上宣讲一周政治经济形势，俨然入幕之宾。在成功处置了几起大学学潮后，蒋介石任命是年三十一岁的钱昌照担任教育部常务次长（蒋介石自兼教育部部长），如此快速地擢升，着实罕见。

那时蒋介石的幕僚组织简单，钱昌照和陈果夫、陈立夫都是身边说得上话的谋士，二陈管党政，钱昌照管经济、外交和教育。钱昌照经手拟办的文件，送文官长古应芬批发，古应芬常常不看内容就批"如拟"。

钱昌照是三十年代初蒋介石精英政治的有力推动者。这一期间，他替蒋介石出面延揽了许多学者进入政府。他提出的"得士者昌"，蒋介石常常挂在嘴边。1932 年，在南京、庐山和武汉三地，由钱昌照安排与蒋介石见面或讲学的知名学者和贤达有王世杰、周览、徐淑希、胡适、丁文江、翁文灏、吴鼎昌、吴蕴初、徐新六、张其昀、马寅初、陈伯庄、万国鼎等二三十人。后来国防设计委员会成立，最初的一份汇聚了当时中国各个领域才士俊彦的五十人大名单，就是他提供给蒋介石的。这些人里除了马寅初为蒋介石所弃（蒋介石认为此人“态度傲慢”），其余人几乎被蒋介石照单全收。那时蒋介石重视他的意见，到了计出必从的地步。

钱昌照很早就向蒋介石提过一个旨在抗击日本侵略的国防准备的构想，但当时蒋介石倾向对日妥协，一直到“九一八”后，这个构想才被蒋介石接受并正式落地。为绕开汪精卫领导的行政院，这个新成立的机构隶属国民政府参谋本部（1934 年 4 月更名为资源委员会，改属军事委员会），由蒋介石自兼委员长直接领导，钱昌照担任副秘书长。资委会担负“促成工业化”“建设国防”“创造国家资本”三大使命，很长一段时间里成了政府介入装备、冶金、能源等战略性产业的最主要机构。

这是一个由工程技术专家和知识分子占主导地位的机构。钱昌照曾经想替蒋介石延揽地质学家丁文江出任秘书长。丁文江有科学家精神，又有任职淞沪商埠督办公署总办的行政经验，是再理想不过的人选。本来丁文江也答应了的，但 1936 年冬天丁文江在湖南谭家山煤矿考察时因煤气中毒引发肺部感染英年早逝，所以后来钱昌照推荐了另一位同样杰出的地质学家翁文灏。

来自浙江鄞县的翁文灏也是一个工业化的狂热信徒，尤其仰慕当时工业化搞得如火如荼的苏联，认为落后的中国要“拼命赶”，苏俄就是现成的最好榜样。而钱昌照似乎比他走得更远，认为“资源委员会既经负责建设国营重工业”，就要集中人力和资源，“协助国家民族，走上社会主义的路”。

作为国防设计委员会里负责实际工作的副秘书长，钱昌照孜孜于战前中国的工业布局。他网罗来了不少专门人才，填充该会的“三处”“八组”[①]，著名者有：负责军事调查的杨继曾，国际问题专家钱端升，教育文化方面的杨振声、朱自清，矿产专家孙越崎，水电专家黄育贤，森林资源专家顾谦吉，公路运输专家陈伯庄等。杨度之子、曾在德国学矿业的杨公兆（也是钱昌照妻子沈性元的姨夫），受命担任调查处处长，日后在哈佛大学担任汉学家费正清助手的孙拯，则被任命为统计处处长。那些精通各国语言和国情的秘书，也大多从哈佛、耶鲁、巴黎大学这些名校罗致而来。英文翻译李唯果，法文翻译谢冠生和徐公肃，德文翻译徐道邻（北洋

① 国防设计委员会下设“三处”“八组”。“三处”是秘书处、调查处和统计处，“八组”是军事组、国际组、文化组、经济及财政组、原料及制造组、运输组、人口土地和粮食组、专门人才调查组。

军政要人徐树铮的儿子）和杨继曾，日后都成了可以倚重的骨干。

钱昌照刚刚任职资源委员会副主任委员时，还兼任着教育部常务次长。次长的薪金是 600 元，另加办公费 400 元，总计 1 000 元。资源委员会的薪金是 400 元，办公费 100 元，加起来 500 元，仅为在教育部的一半。但他自动支领资源委员会的薪金，放弃了教育部的待遇。

钱昌照时常把“公、诚、拼”三字挂在嘴边，作为他办工业的三字精神。那份公心，在他和翁文灏身上都可谓昭昭。翁文灏很长一段时间，包括后来做了经济部部长后，在资源委员会都是兼职，从不在资委会领取兼薪，“在资源委员会所享之全部待遇只是每天下午五六点钟时供应一杯牛奶”。

南京三元巷 2 号，可以说是当时中国工业建设一个隐秘的指挥中心，蒋介石批给这个机构每月 10 万元的特别经费，不必向审计机关报销。钱昌照用这笔钱资助了国内的十四所大学和研究机构，其中包括北平地质调查所和北平社会调查所。

他在国家工业化方面的某些主张也影响了蒋介石，比如国营与私营并举，国家对于私人经营的事业予以政治和精神的协助等等。

但也许是因为反对内战，钱昌照的仕途生涯在 1935 年后急转直下。蒋介石开始有意冷落他，一些军政大事不再让他与闻，纪念周集会上也不再让他担任讲席。1937 年春，国民政府简派孔祥熙为特使率代表团赴英出席英王乔治六世加冕礼，行政院秘书长翁文灏为使团秘书长，特使团出发前，蒋介石到上海送行，翁文灏去贾尔业爱路（今东平路）9 号见他。蒋介石对翁文灏出访期间的资委会工作做了交代，让代主任委员何廉主持资委会会务，还说钱昌照不应管款，并须报账云云。又另下手条，让徐新六、顾湛然知其事。翁文灏于第二日早晨见蒋介石，说会遵行此意，但以不发表为好。“蒋对钱昌照忽极震怒，认为极不可靠。”[①]这让翁文灏大为不解。他自忖虽名任资委会主任委员，但已屡次请辞，事实上“不看公文，不用人，不用钱”，实无责可负。从蒋介石对钱昌照的一些限制来看，很可能是他在经济上让蒋介石揪住了辫子。

钱昌照仍然是资源委员会副主任委员，但谁都看得出他这个职位是到头了。

1935 年底改组后的政府架构里，资源委员会不再统揽国

① 翁文灏：《翁文灏日记》（1937 年 4 月 1 日），中华书局，2010 年，第 125 页。

防建设事宜，军事、国际关系、文化教育三块工作分别撇了出去，成了一个专门主办工业建设的机构。到1936年，已任行政院秘书的翁文灏正式出任资委会主任委员，成了钱昌照的顶头上司。

“九一八事变”后，东北重工业基地沦陷，从那时起，政府就已在加速内陆和沿海地区重工业的发展。尽管“黄金十年”很像是人为涂饰上去的一层金粉，但这十年里权力的确在向着中央集中，作为工业化重头的装备制造业也已粗具规模，至1937年全民族抗战爆发前，基本恢复到了“九一八”前的水平。

尤其从1936年起，资委会加紧进行了全国重工业建设布局。依赖浙赣路、粤汉路两大铁路动脉的推进，以及陕、川、黔、滇、桂、粤、苏、浙等十省公路网的贯通，资委会用一年多时间，在全国成立了二十一家新的厂矿企业，涵盖煤、铁、铜、锡、金、铅锌、石油、炼钢、钨铁、机器制造、电工器材、水力发电多个门类。为避免战火波及，这些重工业基地大都建在内地，沿海一个也没建，其中规模最大的一个，建在湖南湘潭下摄司，该地处于粤汉、湘赣、湘黔各铁路的交汇点，又兼有湘江水利之便，占地一万亩，厂区内有七公里长的轻便铁路相通，下设中国钢铁厂、中央电工器材厂、中央机器厂三个大厂。后因日军前锋进逼，这些厂矿有许多中途夭折，耗去许多人力物力不说，有一些还沦于敌手。

钱昌照带着资委会的同事们牵头搞了一个“重工业五年建设计划”，该计划“拟以湖南中部如湘潭、醴陵、衡阳之间为国防工业之中心地域，并力谋鄂南、赣西以及湖南各处重要资源之开发，以造成一主要经济中心”。此计划有三个方针，一是“尽量利用外资”，二是“尽量利用外国技术”，三是突出重工业。

当时纳粹德国为重振经济，把目光投向了欠发达国家的市场，于是中德开始了“易货贸易”，即“纯是两国官方之间的物质交换”。翁文灏上任资委会主任委员后，即派出一个私人代表团前往德国接洽，很快达成了一个1亿金马克额度内的采购意向，并向德方提交了引进军火和兵工设备、重工业设备的清单，中方则用钨、锑、桐油、生丝、猪鬃等矿产和大宗物资来抵付。

按照合作计划，中方还派出了一个二十人的技术小组到克虏伯军工厂学习，并谈定每年更换一批人员，三年为期。钱昌照具体负责此合作项目。此后随着中日交恶、德日意结成轴心联盟，这一项目遂行终止。

第一批到克虏伯的二十人，回国后均在资委会的钢铁、机械、化工等部门工作，抗战时辗转西南各工厂，1949年后，大都留在大陆服务新中国的工业化建设。此是后话，暂且不提。

5. 移山倒海

钱昌照召集六机关第一次会议后，八个专门小组即分别召集相关人员，布置推进。

7月28日上午，机器和化学工业组开会，钱昌照事先让秘书通知该组组长林继庸，要他来参会。

钱昌照晚到了几分钟。走到门口，他就听到了礼堂里林继庸的大嗓门："我国的工商业，向来就在沿海商埠一带发展，尤以上海天津两处为最，因为交通、原料、金融、捐税、劳工等种种条件的优越，又受着数十年帝国主义治外法权的孕育，所以其工业特别发达。"

林继庸念了一份实业部不久前出炉的统计数据：截至"卢沟桥事变"，在上海登记的合乎工厂法的厂家(即拥有五十名工人以上，并以油、电、汽等为动力且达到十匹以上者），有一千七百二十九家；广州虽开埠早，却只有一百六十四家，比上海差太远了，天津因为早就沦陷，没有确切的统计数字，其他各地，工厂少得可怜，微不足道。[1]中日大战在即，此时须集中一切资源，方能供得起这场战争，故此，上海的工业内迁至关重要。

林继庸念的这份报告，钱昌照自然也看过。这本账他太清楚了。我国工业落后，布局也太不均衡，基本都集中在东部和中部的沿海沿江地区，[2]上海的工业，无论是数量、资本，还是技术力量，在全国都是首屈一指的。

让他忧心如焚的是，如果这些工厂企业毁于战火，则会使民族工业大伤元气，如果落到敌人手里，则会增强其侵华战争的经济力量，后果更是堪忧。

“可惜我们的海军和空军太弱了，海权不在我们手里，制空权不在我们手里，要不然，上海真可以媲美黄金世界的

① 张朋园、林泉：《林继庸先生访问纪录》，第 23 页。
② 实业部自 1935 年起对上规模工厂进行登记，至 1936 年初，沿海省市的工厂共计 3 178 家，占全国已登记工厂的七成以上，其他诸如资本额、工人总数，皆占全国的七成以上；这些工厂集中在江苏、浙江、福建、广东，以及上海、南京、青岛、威海卫、天津等地，其中尤以上海最为集中，已登记工厂为 1 235 家，占全国的 31.39%，资本额 148 464 000 元，占全国资本总额的 39.73%，工人为 112 030 人，占全国工人总数的 31.70%。《民国 21—26 年工厂登记统计》，录自国民党政府档案（后文简称“档案”），转引自孙果达：《民族工业大迁徙：抗日战争时期民营工厂的内迁》，第 1 页。

纽约！只因没有了国防保护，所以我们只能学《西游记》里那种移山倒海的法力，把上海的工业搬到内地去，好好地从头整顿起来！”

林继庸一说移山倒海，好多人听了摇头不止。要将数千家工厂搬迁至内地，工程之大实难想象。之前政府定策，搬迁的重点一向都是兵工企业，基本上没去管沿海民营工厂。眼下要开战了，那些工厂主是否愿以国事为重同意内迁，大家都表忧虑。再者，在通信、运输条件极为恶劣的情况下，长途跋涉搬运设备器材到内地去，那些偏远地区是不是具备生产条件且不说，几千公里的跋涉又岂是常人吃得消的？

林继庸事后回忆：“当时议论纷纷！有些人以为事体是应该办的，但恐怕不易推动；有些人以为上海的各家机器厂凑合起来，其设备也抵不过一家国营的兵工厂，实在不值得搬迁；有些人以为现在民有的力量，即是国家的力量，能将他们的生产机器搬进内地，固然是更好，即不然，若能够带同这些工业界的主干人员跟着政府一起也有用处，我们不妨尝试，尽我们的力量去做，国家因此多花些钱，亦是值得。我认为民间工厂的规模的确比不上国营工厂，但是搬进内地去亦有其用处，且现在各民营机器厂亦多接受国营兵工厂的订货，即如我们国营兵工厂的规模亦比不上克虏伯、斯柯达等厂，但是我们的兵工厂搬进去亦可帮助战事的进行啊！结果我们决定去试做接洽。”

国民政府各部委开会，向来拖沓冗长，钱昌照深以为苦。好在资委会内部会议他能说了算。他止住漫无边际的讨论。书记员起草的机器化学组第一次会议议决事项中，加上了经他字斟句酌的一条：

“调查上海各华厂现有工具机器，并接洽有无迁移内地之可能，估计其迁移及建设费用或询明收买之价格，由资源委员会担任调查。”

自 7 月中旬颜耀秋来京，快半月了，上海工厂搬迁的事再无下文。钱昌照已料到颜耀秋必是遭遇了极大阻力，要不就是此人才具不够。前些年国民政府开张，二次北伐，急需用款，上海的资本家们对官府的助饷命令尚且半推半就，这次更不会拿一个同业领袖的话当回事。

他想亲自赴上海督办此事，却又分身乏术。他看过林继庸的档案。眼前这个林继庸，虽只是资委会的一个科级官员，却熟悉全国工业，他更看重的一点是，“一·二八”淞沪抗战，林继庸担任 19 路军技术顾问兼技术组组长，有过一段与上海工业界共度危难的经历。眼下军情如火，派此人去上海，探一探上海工厂主们的真实想法，试着做些接洽，岂非最合适的人选？

钱昌照来开这个会，本就是抱着这个想法，来探探林继庸的态度。

其他人都走后，钱昌照留林继庸单独谈话：“林委员，你看去上海调查迁厂情况，谁最合适？”

林继庸说：“不瞒您说，这项调查职下已经进行。”

钱昌照问他：“你认为迁厂最大的困难在哪里？”

“怪只怪上海这个魔都！它的魔力就在租界，”林继庸说，“‘九一八’的炮声，‘一·二八’的炸弹，只是往那些在安乐窝里酣睡的人耳边放了几个鞭炮，危急的时候，这些人也高喊几声抗日口号，事情一过去，又酣呼鼾睡，纷纷地躲进租界里去。一般号称爱国志士的，尚且不愿离开上海，要劝那些家底厚实的企业家把工厂迁到内地去，岂是一件容易的事？所以职下请求，政府要有补助，新厂地皮要尽早落实，要让工厂主吃了秤砣铁了心跟我们走。”

“是啊。国防动员筹备了那么多年，工厂内迁的口号喊了那么多年，可是看起来我们似乎还是慢了，时间并不站在我们中国一边。”钱昌照也很是感慨，“关于银行借款和新厂规划，我这就向行政院打报告。”

“让我再向副主任委员讲述一件事情吧，也好知道一般人是什么想法。我曾苦劝一位上海大企业家内迁，谈了一小时，把国际利害、民族安危的大道理反复讲了，他的回答是：'林先生，不要太兴奋啊！记得'一·二八'大战那时，我们的工厂总共停工还不足十天呢！'真是不到黄河心不死，火山一日不爆发，他们就乐得在火山口多嬉一日。正因为国人普遍是这种苟安的心理，惯于利害计算，所以才积重难返，'七七'之前我们推动工厂内迁的尝试，全都失败了。"

"现在形势不一样了，厂矿内迁，集合国中企业界与科技界人才到内地去，这将是我国实业界一桩划时代的革命事业，是生死存亡的大事！急剧变化的战况逼着我们，办得成要办，办不成也要办！"

钱昌照告诉林继庸，要他就工厂内迁尽快拿出一个意见来，迁移的重点可放在机器及化学工厂，以应兵工需要。

林继庸问何时动身。

钱昌照看了一下手表，说："还赶得上今天的蓝钢快车，事不宜迟，马上走。"

6. 驶往上海的蓝钢快车

南京下关火车站的专设铁轨上，九节蓝黑色涂装的钢制车厢静静地卧在那里。高大的火车头已经在喷吐蒸汽。

林继庸等三人从三元巷资委会大楼出发，匆匆赶到下关火车站椭圆形的候车大厅，一天一个班次的蓝钢快车正整装待发。

国民政府定都南京后，这里已改名为南京车站，但坊间还是袭用旧名下关火车站。这列火车的车厢是从德国定购的，火车头是英国产的，铁路的枕木采用的是弹性良好的澳大利亚贾拉木，整个是国际组合。列车最高设计时速一百一十公里，从南京到上海单程五小时，中间只经停镇江一站。

这是 1908 年邮传部尚书盛宣怀督造沪宁铁路通车以来，这条铁路线上跑得最快的火车。

因为票价昂贵，寻常贩夫走卒坐不起，这趟列车的乘客非富即贵，大多是各国侨商、工厂主、政府公务人员和他们的家眷。走动着的行李员、大厨和服务生有不少是外籍的。普通车厢的座椅都蒙以豆灰色府绸罩套，桌几上还配着热水壶和小花瓶，更不必说头等车厢的真皮转椅和席梦思床垫了。

和林继庸一起前往上海的是资源委员会的两位同事，庄前鼎和张季熙。脸圆圆的那个是庄前鼎，是年三十五岁，出自清华园，是康奈尔大学毕业的机械工程专家，又有麻省理工的化学工程硕士学位，因开口闭口三句不离牛顿，人送绰号“牛顿”。他也不以为忤，照样乐呵呵的。庄前鼎是上海青浦人，地头熟，故而林继庸首先挑中他。另一个瘦高个、衬衣扣子一丝不苟的，是张季熙，广东揭阳人，曾留学德国莱比锡大学，获博士学位，是一位酵糖专家，行事细致。

张季熙进入资源委员会前在广东老家办过一阵子酒厂、糖厂。在他看来，搬厂如搬家，他老家那边有个说法：近搬穷三天，远搬穷三年。因此，他估计很难说动上海的工厂主们背井离乡到内地去。庄前鼎跟他理论，老话还有这样讲的呢：人挪活，树挪死，不搬厂，等着让日本人白白得便宜吗?

庄前鼎说：“有一件事我倒是十分担心，工厂都是抵押货款的，银行是债权人，要是银行不同意搬迁，那就死蟹一只。”

林继庸说：“‘牛顿’说得对，这个我马上提醒钱副主任委员，要让银行解除抵押，政府必须担保。”

火车隆隆地行进，田野、河流扑面而来，又齐崭崭地向后退去。不一会儿，周遭都陷入了昏沉沉的暮色。车里的灯亮了，车玻璃上映着三张凑在一起交谈的脸。林继庸尽力从茫然中理出一点思路来。

庄前鼎忽然说："我想起一件事来，'一·二八'淞沪抗战后，日本人在虹口公园阅兵庆祝，吃了朝鲜人尹奉吉扔的一颗炸弹，听说尹奉吉的那颗炸弹是林委员造的？"

林继庸笑道："没错，那颗炸弹，我们叫它'大菠萝'。"

"怎么取这古怪的名字？"

"上海五金行的朋友找来一个热水瓶大小的铁管，我们用锉刀锉成菠萝纹，里面填充炸药，组装成定时炸弹，因它外形太像大菠萝，就这么叫了。"

1932 年 4 月 29 日，朝鲜义士尹奉吉趁虹口公园日军阅兵庆典，引爆定时炸弹，日本派遣军总司令白川义则、居留民团行政委员长河端贞次当场毙命，日本驻沪总领事重光葵、第 9 师团长植田谦吉等身受重伤。这事经当时的《申报》报道，引发全国轰动。庄、张二人来了兴致，要林继庸给他们说说。

林继庸道："那时，我进了 19 路军，当技术顾问兼军部技术组组长，联络上海的一些化学五金工厂，研制炸弹和防毒面具。之前，我们曾经炸过'出云'舰，但没得手，让它溜了。几次爆炸事件的失败，陈铭枢及王雄一直怀疑我们身边有被日本人收买的汉奸。我白天在兵工厂指挥做手榴弹，晚上和同学们制造‘大菠萝’。复旦义勇军都是我的学生，我的子弟兵里没有汉奸，而且炸弹一定是要我自己亲手安装到位才能达到既定效果。

“我把‘大菠萝’交到尹奉吉手里，并教会他用定时或拧壶盖五秒即爆炸的方法，分别时我握住他的双手，深深向他一鞠躬预祝成功……

“当日我同朋友胡厥文等躲在虹口公园附近，得知尹奉吉进入会场，手心都是汗……不久传来一声巨响，我本能地肯定，是‘大菠萝’引爆了。”

“威力恁地巨大！”庄、张二人咋舌道，“日本人知道是你干的吗？”

“开始不知道，流亡上海的朝鲜独立运动领导人金九都承认是他们干的了，日军特高科还继续侦查，后来不知怎的就查到了我。躲过几次暗杀后，我在上海待不下去了，后来就出国了。”

这段往事，听得庄、张二人双眸放光。林继庸心牵着此次上海之行，不知如何着手调查动员，也是久无睡意。车轮与铁轨单调的摩擦声中，跳动的灯光使他一张脸忽明忽暗。他忽然觉得，火车好像正开往无底的黑暗中去。

第二章　能救多少则多少

1937 年 7 月 29 日—8 月 13 日

7. 法尔肯豪森的预言

来自德国北部奥尔登堡、皇家贵族出身的亚历山大·冯·法尔肯豪森将军，削肩、驼背、秃顶，怎么看也不像一个职业军人。但是，外表掩盖不了他坚毅的性格。第一次世界大战中，他协助德国的盟友奥斯曼帝国在巴勒斯坦对抗英国，这为他赢得了德国最高军事奖章功勋勋章。一战后，他出任德累斯顿步兵学校校长，军中骁将多出其门下。1930 年退休后，法尔肯豪森应聘到中国担任国民政府军事总顾问。

的确，没有一个德国将军比他更了解中国。

他与这片神秘土地的渊源，最早可以追溯到二十世纪初。那时，八国联军镇压中国北方的义和团运动，他是东亚远征军第 3 步兵团的一名年轻中尉。

自那以后十年，他又带妻子游遍了朝鲜和中国的东北、华北；其间有四年，还在东京担任德皇的驻日武官。无论从哪个方面来看，他都是蒋介石最合适的军事顾问。

“一·二八”淞沪抗战中，亚历山大·冯·法尔肯豪森将他在一战中习得的致命战术带到了上海，指导中国军队如何用沙袋厚墙和铁丝网构筑近战所需的坚固的防御工事。这些工事在战场上发挥出了奇特的效果。日本步兵陷入了机枪的交叉火力网中，像麦子一样被无情撂倒。他们的坦克在狭窄的巷道中无法转身，像角斗场中的公牛一样被困在原地打转。打了一个多月，战线还没有突破闸北，要不是后来日军一个师团从上海北部的长江沿岸登陆偷袭，上海说不定会成为哽死他们的一块骨头。

1935 年 8 月，亚历山大·冯·法尔肯豪森将军就中国未来几年抗日战略准备问题向国民政府呈送了一份《关于应付时局对策之建议》。文中，法尔肯豪森从纯军事的角度，对中国未来抗日战场做出了分析：

“一旦军事上发生冲突，华北即直受威胁，若不战而放弃河北，则陇海路及其重大城市，即陷于最前战区，对黄河防线，不难由山东方面，取席卷之势。对海正面有重大意义者，首推长江。敌苟能控制中国最重要之中心点直至武汉一带，则中国之防力已失一最重要之根据。于是直至内地，中国截分为二。……东部有两事极关重要，一为封锁长江，一为警卫首都，两者有密切之连带关系。次之为武汉、南昌，可做支撑点，宜用力固守，以维持通广州之联络。终至四川，为最后防地。”

这位德国将军断言，如果开战后固守南京、南昌，“此种战斗方式足使沿海诸省迅速陷落，国外向腹地之输入完全断绝，最要之城市与工厂俱相继陷落，于是陆军所必需战具迅即告罄，无大宗接济来源。川省若未设法工业化能自造必要用品，处此种情况必无战胜希望，而不啻陷中国于灭亡”。

“总之，四川为最后防地，富庶而因地理关系特形安全之省份，宜设法筹备使作最后预备队，自有重大意义。”①

法尔肯豪森是要中国将长江一线作为未来抗日的主战场，首先在长江流域组织抵抗，而致使列强不得不出面干涉。不得已时，也不要固守南京、南昌，而是向西转移，退保四川，作为最后抵抗基地，故而川省的建设须提前经营。

① 《德国总顾问法尔肯豪森关于中国抗日战备之两份建议书》，《民国档案》第 2 期，1991 年，第 26 页。

“八一三”淞沪会战爆发，证实了法尔肯豪森当年的预判。

7月29日下午，一轮毒日悬挂在城市上空，马路上热气腾腾，半个城似在无声燃烧。今年入夏以来，气温一个劲地蹿高，突破100华氏度已是家常便饭，出门办事的人一般都会选择下午3时之后，饶是如此，阳光依然没有减损半分热力。

上海公用局局长徐佩璜的办公室里，一架英式吊扇从早到晚一刻不停地旋转，屋内人依然止不住汗出如浆，因为吹出来的都是热风。

林继庸带着庄前鼎、张季熙二人来到徐局长的办公室，他一眼就认出了老友胡厥文。胡厥文身子骨壮实依旧，那部五年前蓄下的胡须已经长垂及胸，简直是个美髯公了。之前林继庸做过调查，胡厥文的新民机器厂已经越办越大，除了机械修配和制造，还与南京的金陵兵工厂有合作。

胡厥文一一给他引见介绍来公用局大楼讨论迁厂事宜的工厂主，他们中有大中华橡胶厂的薛福基，手握天厨、天原、天盛、天利四厂的化工专家吴蕴初，新中工程公司的支秉渊，康元制罐厂的项康元和同业公会主席委员、上海机器厂的颜耀秋，还有其他一些沪上知名的工业界人士。

五年前“一·二八”淞沪抗战，林继庸曾拉着他们，还有复旦的义勇军，一起给19路军造炸弹，炸敌舰。此番重见，自有一番话叙。

五年光阴流逝，上海在重建中刚有一些复苏的气象，眼下又面临大战，座中人都不免感慨系之。

上海公用局是上海特别市成立时的一个新设机构，参照租界工部局的做法，负责全市道路、码头的建设管理，以及水、电、煤气公用事业的调查、规划与营业，是年五十岁的徐佩璜在这个局长位子已经坐了五年了。

徐佩璜是苏州吴县人，留学生界的前辈，他是第一批庚款留美学生，曾获得麻省理工学院化工专业学位，又做过一任纽约市市政卫生工程副工程师。在上海官场，他也算个老人了，做过教育局局长、市政府参事，自任公用局局长以来，他一直在孜孜推进大上海建设计划。在座诸公开工厂办实业，自不免与水电煤打交道，徐佩璜因此与各家都熟。

林继庸虽只是资源委员会一个科级官员，但此番衔令出京，要务在肩，徐佩璜自不免先说些场面上的话。尔后方入正题，说起召集诸位先生筹商迁厂办法。林继庸话音未落，颜耀秋就抢先发言，向他做检讨，说自己回沪后动员同业，未建寸功，原因不外“一般同业态度冷淡，不易推动”云云，说自己实在愧称同业公会主席委员一职。

林继庸先前做过调查，心知上海的机器厂家不乏愿意跟政府去内地的，之前他们就已在想方设法寻求出路，把设备和原材料搬迁到安全地带去。为什么颜耀秋返沪后，迄今无动作呢？是嫌钱副主任委员官阶不高话份不重吗？看来，此人的确有不甚得力之处，另外，动员方法可能也存在问题。

颜耀秋的自责马上被众人的讨论淹没了，林继庸初到上海，也不想过多指责，结怨于一个同业公会领袖，于是也热烈地做了回应。他预感到，接下来的工厂内迁中，这批当年跟着他一起制造军火的工厂主是可以依凭的一支重要力量。

“诸先生均曾参加‘一·二八’抗战工作，此次聚首一堂，重谈往事，盱衡时局，义愤填膺。我的建议，甚得他们支持，胡厥文先生尤为热心，自动地向各方面奔走拉拢，汗珠儿湿透了他的大胡子也不肯少息。”[①]

拂过黄浦江的热风吹进来，每个人的衣服领子都湿透了。到太阳被江边的巨型建筑吞没时，他们在徐佩璜的办公室里达成一致意见：“决定先将关系军火制造和修配的机器

① 张朋园、林泉：《林继庸先生访问纪录》，第 28 页。

五金制造工厂尽速内迁。”[①]

8. 大胡子发飙了

7月30日，依然是一个响晴天。早晨5时20分日出后，空中就不见一片云翳，到处热浪滚滚，市区多个观察站报告，这一日的气温有可能直冲110华氏度。

前一日与胡厥文、颜耀秋已经说定，这日上午，机器五金制造业同业公会（包括冶炼、电机工业等在内）将召开一次执行委员会议，动员更多工厂加入内迁。一早，林继庸就带着庄前鼎、张季熙二人到了会场。

胡厥文做过同业公会两任主席委员，颜耀秋是现任主席委员，两人推让一番，在林继庸一左一右落座。

主持人颜耀秋摇铃示意会议开始。只见一个模样清瘦、戴着一副度数极深的近视眼镜的中年男子从人群中站起来，

① 颜耀秋口述，李宝森记：《抗战期间上海民营工厂内迁纪略》，《20世纪上海文史资料文库》第3辑，第375页。

大声说："在此最后关头，深愿率大鑫钢铁厂全厂职工与齐全之设备为国家效力，担任运输机械方面钢铁材料之供给。"

颜耀秋向林继庸悄声介绍："此人余名钰，大鑫钢铁工厂股份有限公司经理。"林继庸"哦"了一声。

去年底，铁道部向大鑫钢铁厂订购了一千辆自制新车的铸钢材料，这一大宗订单的报告打到资源委员会，手续就是林继庸协助办理的。大鑫钢铁厂有此实力，足见其在战前全国的民营钢铁厂中已坐上第一把交椅。他也从此牢牢记住了上海的这家钢铁工厂，却没想到大名鼎鼎的余名钰竟是个四十出头的清秀书生。

"他还是上海的工业家里第一个倡议搬迁工厂之人，"胡厥文在一边补充道，语气间掩饰不住赞赏，"余名钰是北京大学矿冶系毕业的，后来留学加利福尼亚大学获得冶金学硕士学位，对于中国工业的远景，此人一向看得比别人远。还在'七七事变'之前，他眼见日寇侵略日见露骨，国势将酿成巨变，就已经计划将大鑫钢铁厂部分炼钢设备与龙潭水泥厂及公大机器厂等合作，迁移于南京浦口之间，这样，一旦战事发生，沪厂被毁，尚还有京厂可资生产。"

林继庸用嘉许的眼光看着余名钰，问："余经理，炼钢设备提前搬去浦口之事，后来进展得怎样？"

余名钰答："惜时机已晚矣，方无锡会谈之间，时为'七七事变'之日，正在与各方畅谈条件，而卢沟桥冲突之讯已由长途电话传来，会议通告终止了。"镜片后锐利的眼神直视主席台，似有责备之色。

"眼下日人侵略行动，已成由北而南之势，上海或将成第一策动地，林委员久在中枢，必比我等看得更远，我已于本月 14 日呈请政府协助内迁，不知是公文呈转费时还是什么缘故，至今尚未奉批，看来提前迁移之举，将成泡影矣。"①

林继庸心想，资源委员会办事也真够拖沓，大鑫钢铁厂的这份请迁报告，不定还躺在哪个部门主脑的办公桌上呢。他当即表示，回南京后一定立办此事，尽早批转。

接着余名钰的话，新中工程公司支秉渊、中华铁工厂王佐才和上海机器厂的代表相继发言，都表示一定克服困难，带着工厂跟着政府一起走。

但也有一些工厂主疑虑重重，担心机器设备拆迁装运，损失在所难免，长途迁徙，风险难以估计，即使到了目的地，建起了新厂，原材料和产品销路是否有保障，也是未定之数。一些厂子规模办得比较大，本来就靠洋商起家，对租

① 余名钰：《八年经历纪略》，录自重庆档案馆馆藏渝鑫钢铁厂档案（0194-2-9，0194-2-10）。

界和外国人更是有一种迷信。他们以为，上海一旦有战，把厂房、机器设备、原料、成品以假托清偿债务之名，与洋行订立财产移交保管合同，请洋商暂时代为接收保管，并在厂区内悬挂外国国旗，就可高枕无忧了。

“当时会上曾大大地辩论了一场。”多年后林继庸回忆说。

前面几个代表发言后，轮到颜耀秋总结发言。许是受到会场热烈气氛的感染，他的话也说得有点激动：“这次事变不是局部性的，如不内迁，势必沦入敌手，也就是间接资敌，纵有任何困难，也要想办法搬走。”

一个大型电机厂的老板坐在下面开骂：“年轻小伙子不知轻重，乱唱高调，像我的厂就有机器二三千吨，怎么迁法？”[①]

颜耀秋情知此人指桑骂槐，想想自己已过不惑之年，还被人语风捎及，骂作“年轻小伙子”，心下不悦，一张脸拉得老长。他正要抗声与此人争论，大胡子胡厥文发飙了。

胡厥文在“一·二八”抗战时是个坚定的抵抗派，新民机器厂为19路军造了不少手榴弹，还出钱救济伤兵难民，这些大家都有目共睹。战后他又自费参加政府组织的西北考

① 颜耀秋口述，李宝森记：《抗战期间上海民营工厂内迁纪略》，《20世纪上海文史资料文库》第3辑，第376页。

察团，跟一帮银行家、学者和新闻记者跑到延长、玉门，一路考察西北经济，研究如何进行西部开发。他从上次大战众家勠力同心为 19 路军助战说起，又结合内地考察的一路观感，话说得质朴而动情：

“我们的东北沦陷好几年了，冀东和察北，早非我有了，卢沟桥已成我军民的坟墓，北平、天津也已失守，半壁河山已经变色，万万同胞沦于惨痛境地……这次战争不可能像‘一・二八’抗战那样快结束，日本的胃口大得很，它的目标是要占领全中国，须知亡国之日，守财者财不能守，惜命者命也难全。租界不是保险箱，依靠租界并非万全之策，要知道日本帝国主义者是法西斯强盗，说不定有那么一天，它不管什么租界不租界，占了再说，洋商是靠不住的。我们大家都不愿做奴隶，更不愿当汉奸，人同此心，心同此理。后方工业很落后，我们到那里是可以大有作为的。时间紧迫，不容再述，当前的问题是如何把我们的工厂尽快迁移到内地去，协助政府，以实际行动参加抗战，尽自己在民族解放战争中的职责，争取民族解放战争的胜利，至于内迁过程中的经费、交通等方面的困难，肯定是很多很多的，但我们可以寻求政府帮助解决。我本人本着国家兴亡匹夫有责之旨，决定把工厂立刻迁到内地去，积极抗战，支援抗战！”

听了胡厥文的话，大家议论纷纷。留下的，必死无疑；冲出去，或许能活，或许也是个死，但只要有一线活着的机会，那就一起冲出去。

有人对胡厥文说，大胡子，会上你讲得好，听了你的话我们也拿定主意内迁了。

看到迁厂已成大家共识，林继庸松了一口气。随后，他对资源委员会拟订的内迁条件草案做了说明。

众人基本都表示接受，又就搬迁费、迁到内地后的厂址和建筑费用向政府提了几条要求。林继庸让庄前鼎、张季熙二人逐条记下。

胡厥文说："现在时局紧张，生意全都停了下来，账款无法收回，厂家确有困难，而迁厂所需费用巨大，政府应予补助，否则难以成行。"

林继庸表示，政府定会考虑大家的难处予以补助。

最终，机器五金制造同业公会总共呈报第一批迁出机器两千部。本次西迁，共需包括运费和工人川资 30 万元，建筑厂房一万两千平方米约 360 万元，地皮四百亩约 10 万元。

送走机器五金同业公会一众人，林继庸另又约几家大厂的经理厂长们，他们是中国酒精厂、天利氮气厂、大丰工业原料公司、中国煤气公司、大鑫钢铁厂、大中华橡胶厂、康元制罐厂和新业工厂八家。未及细谈，天色已晚，林继庸有急事要赶回南京，便相约电话或书函再做沟通。

胡厥文、颜耀秋和他们一同上车去南京，以便资委会随时咨询。

9. 迫切待命

听林继庸汇报上海工厂主们对迁厂的热烈态度，钱昌照连日郁结的眉宇稍得纾解，即吩咐他着手准备内迁工厂提案，提交行政院讨论。

随后几天，上海来信不断。康元制罐厂项康元、中国工业炼气公司李允成、大中华橡胶厂薛福基，以及天利、天原、天厨、天盛四家天字号工厂创办人吴蕴初，在写给林继庸的信中均表示同意迁厂。

尤为踊跃者，是那日会上首先表态的余名钰，他的“申请内迁报告”直接寄给了资源委员会委员长本人。

余名钰在报告中说，大鑫钢铁厂设在虹口，早已为日人所注目，先前曾以利相诱，今则闻已经列入被毁之列，一旦开战，就会被武力管束，禁止生产或截留成品，“则亦无从奋斗尽职矣”。他请求政府将大鑫钢铁厂在最短的时间内移设内地。另外他还说，先前因为考虑到各国备战，禁止炼钢材料外运，为未雨绸缪计，他已经提前储备了足够一年之用的锻造合金钢所需的锰、锡、镍、铬等特种原料和配剂，他希望把这些原料和配剂一并火速运存内地。

“在大规模炼钢厂未曾设立之先，废钢旧铁实为炼钢之唯一材料”，余名钰还说，他已经从民间收集了两千多吨废钢。他建议资源委员会出面将上海地面上的废钢旧铁尽量收集，“以特许办法，免除请领护照等手续，迅速运存内地以资制炼”。

信的最后说，“寇深时危，敬请钧会迅赐示导，使民间实力得以保全，长期抵抗得以达到最后胜利之目的，实属迫切待命之至”。

某一日，大中华橡胶厂的经理薛福基还亲自跑到南京，找林继庸呈递迁厂借款报告。薛福基是江阴人，洋行学徒出身，平素总是理着一个不修边幅的平头，戴一副度数不甚深的圆框眼镜。此人看似表情木讷，他名下的大中华橡胶厂却是二十世纪三十年代中国最大的橡胶企业，也是国内唯一具有汽车、飞机轮胎制造能力的厂家，其橡胶种植和采制技术全部来自东南亚。据说最盛时，总厂设在法租界边缘徐家汇的大中华橡胶厂在杨浦、虹口等处建有八个分厂。

薛福基说，他的机器设备，“足供每日生产汽车内外胎一百五十套，飞机内外胎二十套，及军用胶底布鞋二万双”，只要政府指定的迁往地点能够有充分的电力供应，四个月后即能出产。

资源委员会内部开会讨论到这个项目，钱昌照怀疑这个数据掺水分。林继庸说，这是个实诚人，他的话应该靠得住，现在我国内地，尚无橡胶厂之设立，该厂为国内最大之橡胶工厂，若能迁入内地，则对于各种橡胶用品及防空面具之供给，当有补益。

资源委员会把此报告转请财政部，批准了大中华橡胶厂向银行商借 65 万元，用于搬运、购地、建筑的请求。

得知借款获得通过，薛福基欣喜地来到三元巷 2 号大楼找林继庸辞行，说马上就回上海组织工人军事训练，筹划工厂内迁。他还计划和朋友吴蕴初、项康元等人加紧制造一批防毒面具，支援前线抗战。他拿出刚刻印的一本薄薄的小册子，说是他自己编写的关于轮胎性能及其使用方法的讲义，准备为辎重兵学校的学员讲课用的，临走时送了林继庸一册。

谁也不会想到，薛福基竟会是这场战争中第一位罹祸的上海企业家。8 月 14 日，日军进攻上海的第二天，薛福基乘车从家里去工厂，经过西藏路大世界附近时，适逢外滩上空发生激烈空战，一架中方战机误投的炸弹落入大世界游乐场附近的人群中，薛福基在车中被弹片击伤后脑，终不治去世，一同身亡的还有资深机电专家、为工厂内迁事业积极奔走的中华合记铁工厂营业主任张立颜。

因薛福基赍志而殁，大中华橡胶厂的内迁顿遭挫折，此是后话不提。

10.“我替国家向你们道歉”

一同去南京的颜耀秋等人也没有闲着。工厂内迁，机器要拆迁装运，跟着走的技工和职员需一笔安家费和川资，留下的职工需遣散，到处都要用钱，而当时行业拮据，须由政府先垫借一笔经费。

在南京的短短几天时间，胡厥文和颜耀秋奉命计算所需运费和装箱费。鉴于市面混乱，装箱木料缺少，运输工具难以筹集，不得不宽打保险系数，最后确定从上海运至汉口运费为每吨53元（旧法币），再加上安家费和川资，约需借款200万元。

“200万元？”钱昌照吃惊地瞪大了眼，“你们知道资源委员会眼下统共有多少存款？100万元也不到，全给了你们也不过一半！”

他把预算一一核过一遍，除了勾掉几项可有可无的开支，竟也下不去笔了，叹道：“200万多吗？也不多，俗话说穷家富路，我们真的是穷啊，连搬家都搬不起了。”

胡、颜二人要回上海了。钱昌照说，200万元一下子凑不齐，资源委员会可以先垫付部分，不足部分再找行政院核付，你们先把事情给办起来。还一再说着表示歉意的话。胡、颜二人颇过意不去，说，主任委员何须如此。钱昌照说，是我们事情没办好，我是替这个国家向你们道歉。

钱昌照当即找来财务处负责人吩咐下去，把资委会存款100万元除部分留用外，悉数垫借。财务处处长面有难色，说，留下的下个月发薪水都不够。钱昌照挥挥手，让他抓紧去办。

8月8日，胡厥文和颜耀秋返回上海。虽说政府答应垫借的费用缺口颇大，尚须自筹解决其余部分，但这毕竟算是个好消息。听到运费有着落，同业中的一些机器厂家开始拆机器、装箱、填报关单子。资源委员会的借款还没到，他们就向各处临时借垫。苏州河北的一些工厂关停，动手早的已经在把机器抢运过河了。

8月9日，钱昌照与实业部、铁道部、交通部和军政部兵工署等部门协商后，制订出内迁上海民营工厂提案，建议行政院院务会议通过。资源委员会向行政院发出的密字第5289号函称：

"现值时局紧张，为应国防上急需起见，上海各工厂实有迁移内地之必要。爰就各工厂接洽情形，特拟补助上海各工厂迁移内地工作专供充实军备以增厚长期抵抗外侮之力量提案一件，相应随函送请查照，提付会议为荷。"

提案要而言之，以上海市区为我国各工厂集中之处，现值吃紧关头，市区内各工厂都愿意迁移内地，为政府效力，以充实军备，俾长期抵抗之力量得以增厚，预计将工作母机两千部连同工具，并择炼钢、炼气、制罐、制橡胶轮胎及制防毒面具等重要生产设备，迁至后方指定地点复工生产（棉纺毛纺日用品等轻工业则列为第二批迁移），需补助迁移款项56万元。

8月10日，国民政府行政院第324次会议议决："由资源委员会、财政部、军政部、实业部组织监督委员会，以资源委员会为主办机关，严密监督，克日迁移。”[①]

当天下午，由行政院院长蒋介石签字、编号为行政院公函字第3410号的复函送达资委会。此函另称：“关于印刷业之迁移，由教育部参加监督。”

下午5时，资源委员会礼堂，钱昌照召集相关部门，宣布了行政院通过的这一决定。参加会议的有财政部会计司司长庞松舟、实业部第一科科长兼代理工业司司长欧阳仑、军政部整备科科长王衸三人，资委会三人，除钱昌照本人，还有林继庸和孙拯。

会上，钱昌照宣布，上海工厂内迁事宜，由他本人坐镇南京负责全局，林继庸赴上海全权主持。在座诸人组成上海工厂迁移监督委员会（下称监委会），林继庸任主任委员，庞松舟、欧阳仑、王衸三人为委员。

同时报告行政院，迁移补助费56万元，请财政部限于本星期内拨交资源委员会，各工厂托代借款项，由财政部、资源委员会代向各银行接洽。迁移地地皮及房屋，由资源委员会派员接洽物色，并授权监委会在沪接洽时可视实际情形

① 《行政院第三二四次会议决议》，录自“档案”，转引自孙果达：《民族工业大迁徙：抗日战争时期民营工厂的内迁》，第5页。

“在相当范围内酌量变通”。[1]

宣毕，问林继庸做何想。林继庸略做沉吟，道：“工厂内迁千头万绪，我仔细罗列一下，大小事项竟有三十余项，即以第一步骤拆迁而论，就有动迁、选择、拆卸、装箱、报关、运输、保险、设站、检验、接收诸环节，迁到目的地后，又要提前考虑分配省区、购地租厂、安装电力、技术人员训练，其他还有诸如如何克服交通困难，新厂如何开展生产，军需品外民间日用品如何兼顾，混乱时代中工厂如何管理，各地区的政治人事如何应付等问题，也不能不顾及。我提议，这些环节都提前列入计划中，安排专人负责。”

钱昌照答：“时间紧迫，以上事项已无暇一一展开讨论，资源委员会自会统筹好各个环节，好在监委会已获授权，可在相当范围内‘酌量变通’，也只能走一步看一步了。”

看林继庸欲言又止，便问还有何事，不妨一并说来。

林继庸说：“从报名内迁的厂家来看，上海的工厂主们态度尚称踊跃。但我们要知道，这还只是上海工厂中很小的一部分。况且，这些厂长把响应政府号召内迁工厂，大多看作权宜之计，他们盼着战争结束，再把工厂迁回上海。但事

① 《关于迁移工厂会议纪录》（1937 年 9 月 27 日），中国第二历史档案馆编：《国民政府抗战时期厂企内迁档案选辑（上）》，重庆出版社，2016 年，第 18 页。

实上我们应该提前看到，将来随着战事结束，这些内迁工厂，不独他们的生产工具和资本，可能许多技术工人，也都回不来上海了。”

“让内地得着更先进的机械工具和更精良的技术之助，可以在中西部再造几个新的上海，做过渡时代的建设，这不是我们乐于看到的结果吗？我们早就梦想着让工业化之花开遍中国的山野，我们一直没有做成的事，战争或可促成哩！这事你自须理会得，不可与工厂主们和工人们轻说，怕他们临时打起了退堂鼓。”

林继庸应了。他很高兴这事钱昌照和他一样想到了前头去。另外，还有让他忧心的一事，上海的一些工业巨头，如手握申新、福新的荣宗敬和荣德生兄弟，名下有着七十多家工厂的刘鸿生家族，迄今还没有对迁厂表明态度。怎么与他们沟通，说服他们，也只能到了上海伺机行事了。

开往上海的蓝钢快车晚上 8 时发车，各人还要回家稍做准备，会议只得匆匆结束了。

晚 7 时，林继庸、庞松舟、欧阳仑、王祄四人齐集下关火车站，钱昌照带着资源委员会同事前来车站送行。

钱昌照给他们布置到上海后的具体分工是，林继庸去上海机器五金同业公会，通知相关工厂火速准备搬迁事项，庞松舟等人则前往上海海关，接洽有关内迁物资的免税和护照事宜。

钱昌照向他们保证，资源委员会即刻行文财政部饬江海关，到时凭监委会主任委员林继庸签字之出口机件清单，对内迁物资免税免验放行，俟到达江汉关后再行查验。总之，资委会做好一应迁厂后援。

因国库应拨的56万元款项尚未领到，钱昌照把一张借拨的支票交给林继庸，让他到了上海先去支用。

林继庸与同事们告别，杨继曾拉着他的手说："继庸兄，你能够搬出两个工厂就很能干了，这不是一件容易的事情啊！"

火车汽笛鸣响，车轮嚓嚓启动，钱昌照的目光扫过他们四个人，久久地落在林继庸脸上。林继庸也回望着他。他们，一个已不受待见的前幕僚，一个资委会的下级官员，即将掀起的战争巨浪，还能给他们多少作为的空间？这件事究竟能做到几分，也只能尽人力，看天意了。

这一日，距"八一三"淞沪会战正式打响还有三天。

他们出发后两日，资源委员会函告行政院执行情况：

"此事本会经于本月十日（星期二）下午5时，召集有关各机关代表开会讨论，当晚即派林专门委员继庸，会同财政部会计司庞司长松舟、军政部整备科王上校祄、实业部工业司欧阳代理司长仑赴沪，与各工厂接洽办理。”[1]

11.“为什么是武昌？”

8 月 11 日下午，斜桥弄 42 号。

上海机器五金同业公会临时租住的一处会场里，刚到上海的林继庸等四人召集本市五金、机械化学、冶炼、橡胶、炼气等工厂代表，宣布资源委员会决定，正式成立上海工厂迁移监督委员会，责令克日组成上海工厂联合迁移委员会，在监委会指导及监督下从事工厂内迁。

8 月 12 日，代表们公推上海机器厂颜耀秋、新民机器厂胡厥文、新中工程公司支秉渊、华生电器厂叶友才、大隆机器厂严裕棠、大鑫钢铁厂余名钰、中新机器厂吕时新、中华铁工厂王佐才、电机公司赵孝林、康元制罐厂项康元、中国制钉厂钱祥标等十一人组成上海工厂联合迁移委员会（下称

① 《资源委员会致行政院密函稿》（1937 年 8 月 11 日），《国民政府抗战时期厂企内迁档案选辑（上）》，第 43 页。

迁委会)。同时经监委会认可，指定颜耀秋、胡厥文、支秉渊为正副主任委员。

当天下午，颜耀秋、胡厥文等人拟定《上海工厂联合迁移委员会订迁移须知》节略，监委会审定即予以正式公布。

节略称：凡中国国民所投资之工厂，均可一律迁移。迁移目的地为武昌，如有相当理由，经监委会核准，亦得迁入其他内地。各种工厂迁移内地，由政府给予相当津贴，此项津贴数量，根据该厂性质及机件而定。该方案还对装箱费、运输费、建筑费的计算及迁移手续做了明确规定。

又称，迁委会在沿途苏州、镇江、汉口均设立办事处，协助各厂办理迁运事宜，并公布了各办事处的人员名单及联系方式。迁委会副主任支秉渊——一位内燃机制造专家，被派到汉口负责内迁工厂的接洽。

“为什么是武昌？”

“你不愿意去武昌，可以去江西、湖南的山沟沟里！”

“为什么不把机器、材料迁移到香港去？”

“香港是英国人势力范围，搬去香港，倒不如搬进租界去，脚头钿也好少付些。”

吵吵嚷嚷一阵，大家都觉得，搬到武昌去或许是目前最可行的。“一·二八”淞沪抗战，武汉还做过一阵子临时首都呢。林继庸要求委员们，不仅要带头将自己工厂拆迁，还要商量出一个可供所有工厂都能使用的迁移办法来。

“上述十一位委员均为当时上海工业界之佼佼者，号召力强，国家民族观念重。我晓以大义，请他们下定决心，率先提倡示范，先将自己工厂拆迁，其他各厂自然跟着效法。”[①] 林继庸日后说。

战争就像一只正在走近的巨兽，它粗重的鼻息几让人窒息。颜耀秋回忆：“山雨欲来风满楼，‘八一三’前几天，住在苏州河以北和闸北一带的居民，就抢着搬家逃命，还有很多人赶着回乡避难，工厂、商店也忙着拆迁机器，并将可移动的物资尽快搬进苏州河以南。一时途为之塞，尤其苏州河上桥梁经常挤得水泄不通。”[②]

公共租界工部局警务处副处长包文自 7 月底开始每日都在写他的战情日记，据他统计，“8 月 12 日上午 8 时至 13 日上午 8 时，从华界搬运箱笼家具去公共租界和法租界的大约有五万人”。[③]

① 张朋园、林泉：《林继庸先生访问纪录》，第 32 页。
② 颜耀秋口述，李宝森记：《抗战期间上海民营工厂内迁纪略》，《20 世纪上海文史资料文库》第 3 辑，第 377—378 页。
③ 《八一三事变时期上海每日战况》，公共租界工部局警务处档案，报告第 45 号，《上海市档案馆馆藏中国近现代档案史料选编》，第 825—826 页。

迁委会的十一位委员，都是各家大厂的当家人，他们一带头，一些原来举棋不定的厂家也自动前来表示同意内迁了。但还是有很多工厂主持观望态度，他们对即将爆发的战争规模估计不足，对政府没有信心，怕跟到内地没有保障，所以只停留在口头上赞成，始终没有行动。

还有些工厂主忙着把机器拆下来运进租界去，厂房、商铺和其他不动产则与洋行签订财产托管合同，匆匆挂上外国国旗。

监委会连林继庸在内四个人，本来就人手紧缺。随着战争的风声一日紧似一日，庞松舟、欧阳仑、王祄三人还不时接到南京打来的电话，处理财政部和军委会在上海的一些事项，监委会的办公处有时整日找不到他们人影，很多时候林继庸实际上是个光杆司令，连个传令的助手都找不着。他想把上次跟他来上海调查的庄前鼎、张季熙两人要过来，但资源委员会同样人手紧张，早就把他们派出去了。

林继庸说："其时，上海的风声已然极度紧张，敌兵巡逻市上，面目狰狞，战机一触即发，住在租界以外的人们，都赶着搬家逃命。在租界内居住的，亦赶着把家眷迁往乡间或原籍暂避。忙碌纷乱中，我们简直找不着人。"①

① 张朋园、林泉：《林继庸先生访问纪录》，第 33 页。

最后还是迁委会出面张罗来了人马。迁委会的委员们地头儿熟，人脉广，一声令下，各厂抽调支援，一下子聚集起三十多个办事人员。

“在委员会之下设有审核、会计、出纳等组，并有正、副干事专司具体事务，委员也分工负责，在百忙中抽出很多时间，努力从公。”①

办公的地点，最初在提篮桥的铜匠公所（即机器五金制造业同业公会），后来那个地方沦为战区，牛庄路续租的一小间房屋也不敷使用，幸好“火柴大王”刘鸿生把四川路6号（今四川中路33号）刘氏企业大楼六楼全部出空，无偿借给监委会，他们才有了个落脚办公的地方。

如果说林继庸和监委会是工厂内迁的指挥中心，那么迁委会扮演的，则是工厂企业与政府机构之间中介的角色。迁委会接受厂家迁移申请，调查核实后，报请监委会复核批准，传给迁移补助费。

林继庸身边无兵可调，把分发经费和检查手续的事项都交给了迁委会去办。也许是为了弥补先前的轻慢，这段时间颜耀秋办事奔走最力，他说：“当时局势混乱，人事更乱，

① 颜耀秋口述，李宝森记：《抗战期间上海民营工厂内迁纪略》，《20世纪上海文史资料文库》第3辑，第377页。

监委会实际上仅资委会林继庸一人负责，其他各部所派代表都有名无实，我只得随时随地盯牢林继庸，才能比较顺利地推进工作。”

他还真是说对了，南京来的另三人基本上就是个摆设，后来都一个接一个借故开溜了，只剩林继庸一人在上海硬扛。

12. 密云不雨雨如倾

矮个、平头、胡楂花白的六十四岁的日本纺织同业会理事船津辰一郎，是一个中国通。他的表面身份是“民间人士”，其实是一个介于日本政经两界的重量级人物。

早在1889年，船津就以日本驻华公使大鸟圭介随员的身份来到北京，一边工作，一边学习汉语。甲午时，他担任日本陆军翻译官，其后一直都在外务省任职，历任日本驻天津、奉天、上海领馆总领事。

到1937年8月，船津再来上海，已辞去官职多年，专以日中之间的经济贸易为务，但实际上，他此次来沪，乃是担负着外务省的一项重要使命。

近卫内阁挑起华北事变，本是想打着国际正义的幌子，谋求实现其大陆政策。到7月底日军攻占平津，第二期作战尚未开始之际，外务省及军部高层中有一部分人担心事件扩大至不可收拾的地步，试图挟“华北一击”获得成功之威势，以停战为诱饵，迫使中国畏战、屈服，也给自己解套。船津来上海，就是衔有这一使命，与南京政府外交部亚洲司司长高宗武在上海完成秘密接洽。

在此期间，中方在华北战场上鉴于军事力量薄弱，资源分散，实施的是持久消耗的战略。故对敌之大攻势，仅做战略上的守势与战术上的攻势，以消耗打击敌之战力，求得以空间换时间。

同时考虑到装备落后，中方有意避开与敌在黄河流域华北平原决战，仅限津浦、平汉、平绥、同蒲各铁路线及交通要点，多设防线，与敌周旋。最高当局此时已在筹划下一盘大棋狠棋，把战场由华北移至上海，将陆军中最精锐的几个师用于淞沪战场，在这里给日寇以迎头重击，迫使敌放弃南北贯通式作战，牵其主力向西，将其拖垮。

8月7日下午，船津辰一郎抵达上海，即与冈本总领事和驻华大使川越茂商议对华交涉方案。8月9日上午，高宗武从南京来到上海，分别会见船津和川越，据说“会谈气氛非常友好”。

就在他们准备在上海进一步洽谈时，谁也料想不到，当天晚上“黑天鹅”飞临，虹桥机场死了两个日本兵。

日本军营那边摩拳擦掌，爱国群众照例又烧起了日货，本就紧绷的空气只差一根火柴就会烧起来，高宗武一行只得匆忙返回南京报告，船津的“和平活动”尚未正式展开即告夭折。

虹桥机场事件的阴影如同一团孕育着雷电的乌云笼罩在这个城市上空。接下来的两日，危城上空却波澜不惊，租界内依然红灯闪烁，酒池肉林，证券和黄金交易所门口仍然人头攒动。但这只是个表象，就如同雷暴前的密云不雨，外表愈是平静，预示着接下来的这场风暴的威力愈发惊人。

8 月 13 日，星期五，这个悲伤的日子后，生活在这座城市的人们耳边的，是不断响起的步枪、机枪的开火声，还有大炮的轰鸣声。即使对生活抱有最乐观态度的人也不得不承认，战争已经结结实实降临在了他们头顶。

最初的战线大致沿公共租界的北部边界，从火车北站经虹口、杨树浦延伸到不远处的黄浦江。包括这场战争早期的中方统帅张治中将军在内的中国军方高层，都认为上海之战开始于商务印书馆附近的那场冲突。

新古典主义风格的商务印书馆大楼曾在1932年的战争中被毁，当时大火中纷飞的书页定格在那年冬天的寒风中，成了这座开埠近百年的城市最悲惨的记忆。五年后经过重建，这幢大楼才重新成为这座城市的文化心脏。

零星的枪声持续了二十几分钟渐渐消失。俞鸿钧市长随即在美联社和路透社发表了一份声明，谴责日本人首先开火。日本军方则声称，他们被藏身在商务印书馆大楼里的一名狙击手袭击，然后开枪还击。

但坊间还有一种说法，这天上午9时45分，穿着便衣的日本海军陆战队队员乔装成浪人，出现在上海保安总团驻守的杨树浦北部的防御工事前，不断嘲弄、挑衅，当中国士兵鸣枪示警，谋划已久的日本人随即发起攻击性的射击，冲入警戒线。

很快，一系列中小规模的冲突势不可当地发生了。中方派出小股巡逻队做试探性进攻，希望找到日军防守的弱点，迫使他们后撤。日本人则在防御线上加紧抢占关键位置，以便在对手更大规模的攻击到来之前布置好火力。双方战斗小组都在狭窄的街巷里猱身前行，以避免被对方的狙击手撂倒，如果狭路相逢，反应慢、动手迟的一方必死无疑。

开战首日乱象纷呈，匪夷所思的事件也屡见发生。当日下午2时30分，一架由美国人驾驶的联合飞机出口公司的飞机突然降落在跑马厅的空地上，损坏了起落架和螺旋桨，飞行员只是受了轻伤。据说这架飞机是从龙华转移来的。[①]

与五年前的"一·二八"之战采取守势不同，这次一开战，张治中就摆开了完全进攻的姿势。西线战场，是提前一天就位的第88步兵师。

日军的阵势，是以北四川路的海军陆战队司令部、虹口海军操场与杨树浦公大纱厂日军司令部为重心联成一线，与黄浦江中的舰艇成犄角之势，是以张治中也以三路迎敌：右翼进击敌司令部，中路进击海军操场，左翼则进击公大纱厂。

按照德国顾问推荐的打法，张治中希望毕其功于一役，一口气拿下虹口公园附近的日本海军陆战队司令部。这幢双层强化混凝土构筑的四层建筑有一个横跨两个街区的院落，可以容纳数千名士兵，是日本人在上海的一个标志性建筑。

连接海军陆战队司令部和日租界的北四川路上，成建制

---

① 《八一三事变时期上海每日战况》，公共租界工部局警务处档案，报告第46号，《上海市档案馆馆藏中国近现代档案史料选编》，第825—826页。

的中国军队与日军装甲车和架设着机枪的三轮摩托车巡逻队对峙着。

日本海军陆战队以公共租界的虹口一带为支点，由天通庵路及横浜路跨过淞沪铁路侵入宝山路，另一支则沿江湾路、八字桥、青云路、宝兴路、北四川路进攻。

嗵嗵蹿起的迫击炮弹不时落进西边的闸北区，一轮又一轮的定位射击一直持续到深夜，居民区和工厂上空浓烟滚滚。不只如此，第 88 步兵师还要遭受日军第三舰队强大炮火的轰炸。

从 8 月 13 日下午开始，通往虹口区的主要通道江湾路上的一座十八米宽的小桥、日海军陆战队司令部左近百米的八字桥，成了两军咬合的突出部，第 88 步兵师某旅试图在桥面上向东挺进，都被击退。几番拉锯式争战后，到晚上 9 时，双方士兵的尸体垒起来已经超出了桥头沙包的高度。

另一个现代化的步兵师第 87 师，布置在东部阵地。他们一度突击到了黄浦江附近的日本高尔夫俱乐部。日本人雇用的中国民工正在那里修筑一个临时机场。87 师狙击手的第一波子弹打得工地上尘烟四起，民工们抱头鼠窜寻找掩体。

但这波攻势一个小时后被停泊在高桥附近的日本军舰

"栗"号驱逐舰和"势多"号炮艇压制住了。驱逐舰 120 毫米口径的炮弹落进虬江码头和附近的居民区，附近的沪江大学也被炮火笼罩。

开战之初的激烈巷战中，中国军队一度占领了海军操场和汇山码头，把日海军陆战队压到了黄浦江滨。接下来的战斗呈现了胶着状态。日本海军第三舰队向陆上倾泻了大量密集的炮火，中国士兵的攻势不得不迟缓下来。

狭窄的街弄里，交战双方都付出了惨重的代价。到访战区的外国记者都为中国军队近乎完美的防御工事感到震惊。"每一条街道都是一条防线，每一栋房屋都是一个袖珍堡垒。"一位记者写道，"墙壁上凿出成千上万个孔洞，将迷宫般的巷道连接成一个强大的纵深防御系统。每一个十字路口都被改造成一个小型的钢混要塞，甚至残垣断壁后的沟槽都被用于架设机枪和步枪。"

两日鏖战，这座繁华之都已被血光笼罩。上海城厢，苏州河畔，一片血泊。

尽管整训组建具有一流战斗力的六十个现代化步兵师的梦想已成泡影，但最高当局这一次也终于下定决心，走出了和战问题上一向迁延不定的怪圈。南京的电台和报纸一次次地晓谕全国军民："我们为痛惩侵略者的野心，为确保国家的生存，为争取民族的自由，为拯救国家民族的危亡，这一次发动全国一致的抗战，要与倭寇拼战到底，直到我们获得最后胜利为止！”

8 月 14 日，中国政府发表《国民政府自卫抗战声明书》，严正宣告：“中国为日本无止境之侵略所逼迫，兹已不得不实行自卫，抵抗暴力”，“中国决不放弃领土之任何部分，遇有侵略，惟有实行天赋之自卫权以应之”。

军委会同时命令，包括第 87 师、第 88 师两个精锐师在内的京沪警备部队改编为第 9 集团军，张治中将军当仁不让出任总司令，担负左翼战场反击虹口及杨树浦之敌的任务。

另一员宿将，刚参加了庐山高级军事人员培训的张发奎，被任命为右翼第 8 集团军总司令，担任守备杭州湾北岸之责。前几年一直在南方与共产党游击队周旋作战的张发奎竭力主张在上海开辟第二前线，现在重任落到他肩上了。

当日下午，从江湾方向也传来了隆隆的炮声。

历时三个月的“八一三”淞沪会战的大幕拉开了。

13.“晓得战争已正式揭开了”

对上海这座城市的绝大多数居民来说，他们是 8 月 13 日傍晚才知道战争降临的。记者、作家的观察自比别人来得细致，或可借他们的原始记述一窥当时情形。

旅居上海的作家胡风在这一天的日记里写道，这天下午，他往访作家萧军萧红夫妇，回到家，日本朋友鹿地亘、池田幸子从北四川路越过警戒线逃了过来，鹿地亘还在稿纸上画图向他说明中日军队对峙形势，说目前只是小规模冲突，大的战事绝对不会发生，一切都可和平了结。

“晚饭后洗澡，听见炮声隆隆，晓得战争已正式揭开了。”

8 月 14 日，“早起炮声不停，空中且有飞机穿过。阅报知长江航路有断绝的可能”。

下午，胡风往文化生活出版社送稿，“出来后沿爱多亚路到大世界，再转南京路直到外滩。沿路是难民和号外，一片慌乱景象。外滩万头涌动。江上有飞机一架，‘出云’舰上且有高射炮声。炮声很大，群众狂浪似的逃向马路方面，我在皇家饭店前停下，约二十分钟。见没有飞机来袭，没有什么可看的，于是折回圆明园路，想到白渡桥去”。

“忽然高射炮大作，烟弹中间飞来六七架飞机。同时从另一方向又飞来了三架。炮弹在头顶上飞舞，过于强烈，于是又折回南京路，此时见有消防队和救护车飞来，望一望外滩，刚才站过的皇家饭店前面黑烟隆起矣。在大陆商场下躲了半小时，再由南京路走到永安公司，横过，到‘大世界’时，地下只见血淌和死尸，盖受伤机坠下二弹也。在霞飞路走时，我面前驰过了六七车的血人。”①

日本海军第三舰队的巡洋舰“出云”号，从船龄来看尽管已经老掉牙了，但其配备的十四门152毫米口径大炮和四门203毫米口径重炮的巨大杀伤力，使它就像一条长着最锋利牙齿的鲨鱼。从这日中午起，中国军队出动了十架次飞机对其进行轰炸，但这些飞行员大多是刚毕业于笕桥中央航校的新手，缺乏实战经验，无一命中目标。

有几枚落下的炮弹在码头爆炸，建筑物残片及弹片倾泻而下；落在江面的几枚激起了巨大的白色水柱，如在空中凝滞住了一般。日舰的防空炮火织成了一张火网，嘶吼着向天上反噬，飞机只得一再拉升。

这一日是台风天，给飞行员的操作又增加了难度。有

① 胡风：《胡风日记（1937.8.13—1937.9.30）》，陈思和、王德威主编：《史料与阐释：邵洵美·黄逸梵·郁达夫》，复旦大学出版社，2022年，第148—149页。

一架飞机突然偏离航线，片刻后投下四枚炸弹。两枚炸弹在黄浦江上空爆炸，另两枚在强台风的裹挟下，落向南京路东段利用休息天来看现实版空中大战的人堆，一枚把街道中心交通指挥塔附近炸出一个巨坑，另一枚在离地面不到一米的高度爆炸，如同一台巨型收割机一般吞噬了附近的人群和建筑。

下午 4 时 27 分，和平饭店入口处的钟表指针因炸弹冲击波停止了转动。

到处都是碎玻璃、碎石和残肢。空气中飘散着肉体燃烧令人作呕的气味。上百人倒在血泊中抽搐。苏醒过来的在呻吟，尖叫。惨状如同人间屠场。

那些从形似蛋糕塔的大世界六层建筑和附近酒店蜂拥而出的男男女女，脸上落满了白色石膏粉，鲜血掺杂着白粉汩汩流下。胡风在大世界看到的爆炸后的惨状，满地"血淌和死尸"，正是拜那两枚误投的炸弹所赐。

大中华橡胶厂经理薛福基被炸成重伤，也是因为这次误投。只是四十三岁的薛福基没有胡风幸运，一块弹片切入后脑，流出大量鲜血和脑浆。他在医院里挺了半个来月，最终还是没能挨过去。

那个"黑色星期六"下午，大世界剧院附近遇难的数百人中还有一个叫乐灵生的教会人士。这位六十六岁的牧师 1902 年就来中国传教了。当时他的车正沿着公共租界和法租界边缘的爱德华七世大道行驶，当场被烧成了一个火球。

这是同一天在上海遇难的四个美国公民中的一个。这昭示着这场战争将受到世界越来越多的瞩目。

陆上的激战发生在日落前的几个小时。由于没有重型武器（它们还在遥远的后方没及时运上来），第 88 步兵师遭遇到的抵抗比预计的更为强悍。进攻者配备的 150 毫米的榴弹炮只能在水泥堡垒上打出碗口大的凹槽。林立的高层楼房和狭窄的巷弄使得整个战场像一个个套叠着的迷宫，左右前后都可能遭遇到敌人。接近下午 5 时，第 88 步兵师一个少将旅长在指挥进攻日本海军陆战队附近地域的战斗中被榴弹炮弹片击中，当场阵亡。

截至傍晚 7 时，太阳落入远处高楼的峡谷，进攻部队的每一个团都有不下于十人的阵亡，而他们，本来承载着这个国家打造现代化军事力量最殷切的希望。

14. 卡车、火轮、挑工

战争的突然爆发使得刚刚启动的工厂搬迁陷入了短时间的混乱。一些本来就犹豫不决的工厂主停下来观望了，一些铁了心搬迁的则加快了机器拆卸和装运进度。

颜耀秋观察到，8 月 13 日早晨枪声一响，苏州河上的几道桥梁立即被全副武装的租界巡捕把守牢，桥上拉起了铁丝网，阻止闸北、虹口的车船进出。到第二天，苏州河两岸已完全陷于隔绝状态。江宁路桥北堍的中央造币厂还能抢救出部分轻便机器物件，但一些重型机器根本无法移动。

即便如此，各厂还是拼命设法拆迁，工人们肩挑背荷，绕道进入租界，抢运至苏州河以南装箱。

“职工们冒着连天炮火和飞机炸弹抢拆机器。为了避免（成为）目标，白天不能工作，只好夜间在掩蔽的灯光下活动，敌机来了，伏在地上躲一躲，飞机过去了再爬起来拆，拆完就马上扛走。当时大敌当前，人人愤慨，枪林弹雨阻挡不了大家抢救物资的一股劲头。”[①]

① 颜耀秋口述，李宝森记：《抗战期间上海民营工厂内迁纪略》，《20 世纪上海文史资料文库》第 3 辑，第 378 页。

闸北、江湾一打响，铁路上海西站、北站的许多铁轨立即被军队拆除，用于构筑工事。这时，除了几条主要的铁路干线还在走车，用于运送军队和武器弹药，其他班次的调度完全乱了，拥挤不说，开行也不定时，而且铁路很容易成为日机的轰炸目标，很不安全。

航运方面的消息更不乐观，传来消息说，长江下游的江阴要塞已经封锁。如果走公路运输，货车太少，吨位小，根本无法运送大批机件。

8 月 13 日当天，林继庸向钱昌照发去“覃电”，语调甚为悲观：“现长江不通航，车运在商洽中，或用船拖至杭州转赣、湘、鄂，能救多少则多少。”[①] 他请示钱昌照“是否可行”，但舍此又有什么办法呢？

但是，随着车运商洽的失败，火车又被军队征用，陆路运输已然无望，上海与外界的交通只剩水路一途。

这时的上海，水路尚能利用者只有三条：一是由苏州河经苏州至镇江，再换船北上；二是由十六铺河道运经松江至镇江；三是由海道运至广州，再转粤汉路北上。这第三条线，路途漫长，颇耗时日，只能作为备用，工厂内迁主要走

① 《林继庸致钱昌照密电》(1937 年 8 月 13 日),《国民政府抗战时期厂企内迁档案选辑(上)》，第 98 页。

前面两条路线。

林继庸以监委会的名义发了一个通告：上海西部的各家工厂将拆卸下来的设备、机件，都统一集中到闵行、北新泾、南市等地的黄浦江边，闸北、虹口、杨浦等东北部的工厂，先将机器设备拆卸装运到租界，然后借苏州河水道起运。

靠此一线生机，到底能抢运出几家工厂，林继庸实无多少把握。

“卡车、火轮、挑工，是我们办运输的对象。”林继庸说。但城里的卡车司机不是被前线军队征用了，就是把车辆的零件拆掉，躲在弄堂里不肯出来。上海人精明，个别有同意租车的，也把价格喊得很高，还特别声明必须有担保。

“说起来也难怪他们，当时货车出了租界，须要特别的入界照会才可回来。的确，有的车辆出了租界，就为有力者扣去。就是装上机件的车，沿途亦常遭警察及流氓的拦阻，每次都要费很大力气才可平安通过。”①

此时，江面上的火轮船也突然少了许多，他们花了九牛二虎之力找到了一条，付了定金，一转眼，这艘船就被难民占领了。这样的事情发生过好几次。后来他们学得精明了些，

① 张朋园、林泉：《林继庸先生访问纪录》，第 34 页。

通过一些专吃水上饭的帮会兄弟搭上关系，专雇价格相对便宜些的划船。但是在日本人控制下的杨树浦一带，他们还是要花高价雇用白俄或朝鲜的司机，因为只有这样方可进出。

战役刚打响的几天，几乎每天都有抢夺制空权的空中大战。中国飞机轰炸江湾路的日本兵营，日本飞机则轰炸浦东。在主城区上空，由中央航校的意大利教练教出来的飞行新手们，驾驶着老旧的美式和意大利飞机，主要攻击目标是停泊在黄浦江和苏州河交界处的第三舰队，但因为他们接受的训练都是在两千米高空以固定速度投弹，实战时鲜有命中。日机飞行员久经沙场，俯冲扫射又准又狠，刚从生产线下来的九六式舰载战斗机和九六式陆上攻击机性能又好，开始的相持过后，中方渐失空中主动权，但地面上观战的看客还是兴致勃勃，直到地平线尽头再没有一架中国飞机飞来。

地上和空中厮杀成了一团，但对这座城里的外国人而言，也不过是增加一个消遣的方式而已，美国记者埃德加·斯诺在他供职的《密勒氏评论报》上写道：

“上海国际饭店的客人们在顶层的餐厅一边心满意足地品着咖啡，一边透过落地窗遥望着窗外，还不时品评一下日军炮队的精准度。”

15.“孙猴子”调手舞脚

上海这边一开仗，首都南京早就忙成一团，各部委抽调到沪的官员也都趁机开溜。开战第二日，监委会委员之一、军政部代表王袮即以责任重大为由，向林继庸要求提前赶回南京。

另一个委员，实业部代表欧阳仑也提出要离开上海，只有财政部代表庞松舟表示愿意继续留下。林继庸知道留得住他们人也留不住心，只得同意。为了避免日后陷入无休止的公文周转审批，费时误时，林继庸让他们临走前在全权委托书上签字，授予他全权处理上海的工厂内迁。

“我心想，监督委员会委员一旦离开上海，以后找他们开会不容易，一切工作立即陷于停顿。我遂要求他们将全权委托书交给我，在委托书上签名盖章后始能离去。此后，我以监督委员会主任委员名义全权处理上海工厂拆迁工作，不用开会，独断独行，反而感到方便。”[①]

此时，对于那些正在筹备内迁的工厂主来说，林继庸成了他们可以直接对话的唯一一个代表政府的人。在他们看来，林主任就是政府，就是国家。他既要动员工厂，也要负责受理厂家的申请，处理各厂家需要跟官方、军队和其他机构交涉的事项，还有诸如海关检验和关税、货物保险、进入戒严区搬运物资、债权银行的担保等等，恨不得像孙猴子一般调手舞脚，拔下一撮毫毛化作百千个自己。

各工厂的资产，大多抵押在银行，未得债权人的允许，抵押品是不许擅自搬迁的，这就需要一个手续，各债权银行允经监督委员会证明，由主任委员签字担保，准其迁出。作为监委会“独断独行”的领导人，林继庸在短短三天里担保了5 000余万元。

比起这些烦琐的手续，更急需解决的仍是钱的问题。

离开南京时，行政院答应的56万元的迁厂补贴尚未拨给，当时钱昌照为了救急，从资源委员会账上暂借了一笔钱，签了一张支票交给林继庸，允他在上海支用。可是等到迁委会取得这张支票，却碰到了一个难题，上海的各家中国

① 张朋园、林泉：《林继庸先生访问纪录》，第33页。

银行奉财政部令，已暂停兑现。后来虽然放开，银行又公布了一项限制提存办法，原存银行款项只能作为汇划头寸，只能转账，不能取现，只有新存进去的才能作为划头，以现金进出。林继庸从南京带来的这张支票，去银行兑现时被列为汇划头寸，不能作为划头抵用。

当时战火将起，市面大乱，装箱、运输、旅费等各项费用不断上涨，而市区各厂大多已停产，现金流亦告中断，一些中小厂家已陷入存亡危机。这笔钱要是不分发下去，许多厂家是打死也不会动的。一家具有相当实力的电机设备制造厂——华生电器厂找监委会诉苦，应收账款 100 余万元，所欠银行和各钱庄的钱约 60 万元，收支相抵，尚余 40 万元，但欠账催讨不回。工厂主哀叹："赖以接济之银行、钱庄亦不能加欠，虽有存款，每星期限制支取国币一百五十元而已，处此境况，束手无策，唯有坐以待毙耳。"①

美成印刷厂的老板甚至说："机器搬不动，要搬也得花上万把块钱，美成没有这笔现款，只好听天由命，我准备坐在机器旁边，跟机器共生死。"

林继庸急了，这笔款项是垫借各厂抢迁机器的专款，钱

① 《华生电器厂关于受战火损失及内迁情形复资源委员会公函》，录自"档案"，转引自孙果达：《民族工业大迁徙：抗日战争时期民营工厂的内迁》，第 24 页。

要是躺在银行提不出来，后续的工厂内迁怎么推进？颜耀秋鼓动林继庸出面去找银行理论，也没什么效果，对方都是一副公事公办的面孔。找庞松舟商量办法，这个财政部会计司司长也一筹莫展。

忽一日，打听到一个消息，财政部次长徐堪来上海了，庞松舟专责陪同。林继庸便约了余名钰、颜耀秋等人一同找去。

他们赶到徐堪下榻的霞飞路的伟达饭店，徐堪不在，庞松舟指点他们可隔日再去。

“我们追问：‘怎样找到徐次长呢？’他说：‘他每天中午要到此地来睡午觉，今天晚了，你们明天再来。’第二天我们上午就去候驾，庞又嘱我们备一公事来。所幸我们公私图章都带在身上，随时缮拟出一纸呈文。下午一时，徐堪懒洋洋地跨进了房间，朝床上一横。我们饿着肚皮在阳台上静候到二点半，才听到徐开口问庞：‘松舟，有什么事没有？’庞方领着我们进去，说明缘由。徐阅了呈文，批了‘照办’两个字，并从衣袋中取出小图章加盖好，交还给我们。”①

颜耀秋说，这么难缠的事，也给我们几个“孙猴子”办

① 颜耀秋口述，李宝森记：《抗战期间上海民营工厂内迁纪略》，《20世纪上海文史资料文库》第3辑，第379页。

下来了。

徐堪“横”在床上，听任找他办事的资委会官员和两个工厂主饿着肚子在外面等，这等颟顸的要员，着实让人心冷。比之颜耀秋说书人一般的绘声绘色，林继庸的回忆要简略得多：

“其时沪上各银行春令暂停兑现，后来开放，亦限制提款，幸得财政部次长徐堪（可亭）先生允许，我所带来的支票随时可向中国银行兑取现金。”

同时他也提到了海关对内迁的支持：“关务署并允许，可凭监督委员会的证明，准各厂迁移的物资免除关税及检验，待到汉口海关再行补验。”①

第一笔内迁补助款总算到位了。急火流星中，却已经耗去许多时日。

① 张朋园、林泉：《林继庸先生访问纪录》，第35页。

第三章　苏州河

1937 年 8 月 14 日—9 月 26 日

16. 没顶之灾

晴空不见一片云翳，三架机身上漆着太阳旗的日军战机渐渐驶近，它们那来自地狱般的怪啸，胡厥文一辈子也不会忘记。

飞临厂区上空，飞机张着翅膀像要俯冲下来。却只是虚晃一枪，还没等地面上的人惊叫出声，机身一颤，从机翼外部甩下几个六十公斤级的航空炸弹。

一片灼目的白光一闪，一股巨大的烟尘在长城砖瓦厂上空腾空而起，堆在厂房里的数万块即将运往各建筑工地的空心砖成品被炸成一片粉齑，从发电厂运来的制砖用的原材料煤渣狼藉一地。

胡厥文看着腾起的黑烟中噼啪燃烧的厂房，几次想要往里冲，哪怕是抢救出一两件机器也好，却被紧跟而来的夫人沈方成和工友们死死拉住了。

淞沪会战爆发之初，厂房林立的闸北、虹口和杨树浦最先遭受来自日军海军和陆军的多重轰炸，陷入火海。8月15日，胡厥文的长城砖瓦厂被炸。次日，他和弟弟胡叔常在嘉定合办的合作五金厂也遭日机扫射，胡叔常告诉他，一个工厂领班在搬运机器时不幸中弹身亡。

最坏的消息来自六十四岁的荣宗敬和他的弟弟荣德生共同创设并拥有的茂新、福新、申新企业。这一对来自无锡荣巷的兄弟二十余年辛苦打拼建立起来的面粉和纺织王国在这场战争初起时就几遭没顶之灾。①

战役一打响，地处沪东的申新五厂首当其冲，不幸成了两军拉锯争夺的战场，原料机器被掠劫无数，工人多有死伤，不得不弃厂而去。

据事后申新五厂执事向申新总公司报告称："'八一三'事变，申新五厂因地处沪东，首当其冲。是日午后即闻枪声，傍晚据报，工房内已有数人受伤，厂方即宣布停止夜

① 一战后，荣氏兄弟经营开设的面粉厂一共有12家，即茂新一至四厂，福新一至八厂，分布于上海、无锡、汉口、济南等地。至1931年，申新纺织公司在上海、无锡、汉口设有9个分厂。抗战全面爆发前夕，茂新、福新两厂的面粉日产能力已达近10万袋，申新各厂的纱锭达50万枚，布机逾5 000台。

工……先五厂曾为华军所占，后又为日军所据，双方在厂附近交战颇烈。全体厂丁，均手无寸铁，迫不得已，于二十二日离厂，绕道浦东而去。自此以后，厂中情形完全隔绝，仅在报章中偶见火警等新闻耳。”①

到 1938 年正月初，厂长与工程师进厂察看，各车间大都受损，所有栈房及公事房、工人宿舍已全部焚毁，累计机器、房屋、物件、原棉、棉纱损失近 200 万元之巨。

申新六厂面积六千余平方米的一幢三层砖木结构公事房全毁于火，累计损失也在 200 万元以上。战前缠身于拍卖风波的申新七厂战事爆发即行停工，后又遭大火，栈存原棉、纱、布大部被焚，再加上被日军掳掠而去者，损失更为惨重。只剩地处沪西租界的申新二厂、九厂机器没有停转，但也仅开日班。

福新在沪共有七家厂，在面粉工厂业中范围最大，经营也最旺盛，战事一起，地处闸北的福新三厂、六厂即告陷敌，只剩在沪西租界的两家厂还能间日轮流开工。

另外存放在各麦庄的小麦大部分来不及运出，损失在二十万包以上。据《中行月刊》经济研究员当年度统计，1937

① 《申总档案》，上海社会科学院经济研究所编：《荣家企业史料（上）》，上海人民出版社，1962 年，第 5 页。

年8、9两个月上海面粉日产量连战前的四分之一都不到。[①]后来随着战事扩大，福新一厂被日军强征为军用仓库，所幸得讯早，大部分存货原料都运到了安全地带，但机器、生财全都沦于敌手。随着华北市场的面粉交易被日商控制，北销之路断绝，勉强开工的几家工厂也只能苟延残喘了。

荣宗敬本是个精神健旺的人，一向视商场如战场，经常挂在嘴边的一句话是“竞争如同打仗一样，多买一只锭子，犹如多得一支枪”，目睹一手创办的事业毁于一旦，他的精神遭到严重挫伤，以致积郁成疾。

三个月后上海失陷，被悲观情绪萦绕的荣宗敬自以为提前看到了这场战争的终点，那就是国家将陷于无政府主义的混乱，抱着“重理旧业”的幻想，他和陆伯鸿、顾馨一等一班人物出任“上海市民协会”主席团委员。本以为自己不属任何党派，纯系一商人，该新组织只是一个类似于战前总商会的机构，与上海市“大道政府”也无丝毫瓜葛，只是帮助难民重回闸北、南市和浦东老家，帮助在华界拥有工厂之实业家“重理旧业”，哪料想，这是一个日本人操纵的变相傀儡机构。

他稀里糊涂被戴上“通敌”的帽子，声誉受损不说，还

① 《中行月刊》第15卷，第2—3期，1937年8—9月，上海社会科学经济研究所编：《荣家企业史料（下）》，上海人民出版社，1962年，第9页。

收到爱国者的警告信，要他“用不毁灭过去光荣历史而投向敌人怀抱里去的力量来洗掉外界的恶传”，希望他继续负起“领导青年的责任”。[①] 逼得他登报发布启事，声明自己从没有说过“事实上已无政府”这类话。一番连惊带悔，他的病情更形严重。

尽管他亲笔起草了上海企业界“为迁移内地事”送呈行政院电文并领衔署名，陈言开战以来金融停滞、军运频繁、各路阻塞导致上海的工厂大都陷于停顿，“每一念及，辄用痛心”，建议火速迁厂[②]，但荣宗敬仍然抱着一丝侥幸，以为租界会是他关键时刻的救命稻草。荣宗敬逃往香港前，荣氏兄弟已在频频与英商、美商接触，想要通过托庇于洋商保护名下企业，借以逃避内迁。

其实这也是沪上众多工厂主的普遍心理，总以为工厂内迁风险过大，前途莫测，能不迁最好。但血与火的事实使一部分中小工厂主先清醒了过来。

第一批上海工厂的西迁计划，几乎与开战同一时刻落定。战前两日，迁移监督委员会根据上海民营工厂分布状况

① 这封劝告荣宗敬不要参加伪组织的信，署名“一个不愿做亡国奴者——王均平”，收录于《申总档案》。原函无落款时间，估计约为 1938 年 1 月初。《荣家企业史料（下）》，第 21 页。
② 《上海各工厂为迁移内地事等呈国民政府行政院函代电》，陈明、王建华、刘大禹辑：《荣宗敬往来函电初辑》，凤凰出版社，2021 年，第 475—477 页。

做出决定：上海南头一带的工厂，集中在闵行、北新泾或者南市起运；闸北、虹口和杨树浦一带的工厂，则先行将机器和材料抢拆至租界装箱，尔后一并经苏州河出运，经镇江转运至武昌的徐家棚；最后，这批内迁工厂将分别西至宜昌、重庆，北上西安、咸阳，南下岳阳、长沙。

从这座城市最繁华的路段之一外白渡桥下流经的苏州河，原名吴淞江，开埠后，英国商人发现沿这条水道可以乘船直达苏州，故称之为苏州河。此时，资源委员会的官员们和上海工厂主们的目光几乎都落在了这条河上。

8 月历来是一年中最难挨的时候，热浪翻滚在河面上如同岩浆一般，河堤边的柳树叶也全都烤焦了。越来越近的炮声让地面轻微抖颤，这火山喷发般的炙热里有了一种末世的恐慌。

这次沪战的猝然爆发，已不是五年前往事的重演，它标志着中日之间的战争已由局部向全面铺开。在闸北、虹口和江湾前线，数十万国军将士正与日军日夜缠斗，血肉横飞的战场之外，一场关乎将来中国经济命脉的重要工厂物资内迁计划，将沿着这条并不宽广的河流展开。

此时，整个上海的交通已几乎陷入瘫痪。会战爆发两天前，为防止日本军舰在开战后沿长江而上，军方先行阻塞了江阴城下游的航道。上海西面和北面的两个火车站正全力运送军队和弹药。市区以内的轮船和拖驳，也几乎全被政府征用。而政府机关、学校以及大量的难民也如浊浪一般涌向后方。

林继庸看到“难民们拥上小船，挤满所有角落，座位和过道都挤满了人，凳子底下和长凳之间也躺满了人，大家拥挤在一起，进出活动非常困难”。担负内迁运输任务、在苏州河上航行的各种船只，“每一英寸空间都被占据了”，“拥挤不堪的汽船现在已不是什么稀奇事了”。

17. 希望之窗关上了

比之长江三角洲地带的酷热，地处内陆，江西北部的庐山却是个清凉世界。8 月 16 日，下午 4 时，在庐山主持暑期军官训练团工作的军政部政务次长陈诚接到一个来自南京的电话，要他火速下山。

陈诚担任着军官训练团教育长，要不是沪战催迫，这里还有一摊子善后事宜等着他处理。放下电话他匆忙下山，前往九江搭乘江轮。当晚 23 时，他从安徽芜湖下船，换乘一辆早就候在那里的军用卡车继续赶路。

8月17日凌晨2时许，经过十多小时水陆兼程一路狂奔的陈诚到达南京，顾不上休息，随即前往最高统帅部。和他一样，军事委员会委员长蒋介石也是彻夜未眠。

蒋介石交代他三个任务。陈诚在日记中——他从1931年开始就记日记，戎马倥偬中未有一日空缺——记述道："即拟整个战斗序列；调整华北部队之部署；至上海一行，计划解决日租界之敌。"①

陈诚准备天亮后和熊式辉一起前往上海，先到上海西北的南翔视察军情，再与已在指挥对日作战的第9集团军总司令兼京沪警备司令张治中碰面。

趁着离天亮还有几个小时，他一边吃着东西，一边抓紧时间与副参谋总长白崇禧一起拟定战斗序列。主管作战计划与命令的军委会第一部部长黄绍竑也一同参与。

他对小眼睛的副参谋总长印象颇佳，认为他始终精神抖擞，对每一军队之历史、每一将领之个性能力，均如数家珍，黄绍竑则始终都是一副慢腾腾的模样，且好像一直在打瞌睡。

翌日上午，与张治中碰面时，陈诚对张治中兵分左右两

① 林秋敏、叶惠芬、苏圣雄编：《陈诚先生日记》，台湾"国史馆"、"中央研究院"近代史研究所，2015年，第151页。

翼的打法直言不讳，认为“非计之得”，建议增兵改攻汇山码头，向敌中央突破，先截成两段，再分别扫荡。两位将军达成共识，与其集中攻击重兵把守的虹口，不如把他们的注意力牵引到杨树浦，寻求推进到黄浦江，将日军兵力拦腰截断再予以各个击破。按陈诚后来的说法，“后未按照预定计划，予以歼灭，致受沿江登陆之敌夹攻，殊为遗憾”。

从上海返回南京的车上，熊式辉问陈诚：“返京后，对领袖报告是否彼此需要一致？”陈诚答：“以分报为宜也，如此领袖可多得一份参考资料也。”

汇报时，熊式辉“极言将领与部队之不能战”。陈诚则说：“沪上官兵之不能战，诚然，但此时非能战不能战，问题是在当战不当战。若不战而亡，孰若战而图存？”

他的话说到了蒋介石的心里去，连连表示：“打，打！一定打！”

陈诚说：“若打，须向上海增兵。”

他继而解释道：“敌对南口在所必攻，同时亦为我所必守，是则华北战事扩大，已无可避免。敌如在华北得手，必将利用其快速部队，沿平汉路南犯，直趋武汉；如武汉不守，则中国战场纵断为二，于我大为不利。不如扩大淞沪战事，诱敌至淞沪作战，以达成二十五年所预定之战略。”

所谓二十五年（1936 年）预定之战略，日后他在回忆录中总结为："敌军入寇，利于由北向南打，而我方为保持西北、西南基地，利在上海作战，诱敌自东而西仰攻。"

在陈诚下山与张治中见面之前，连日激战带来的部队损耗已让张治中意识到，这场战争远比他想象的要来得血腥和凶险。他的身体本来就不好，这年春天起就在青岛养病，并准备出国疗养，只是为了准备对日作战才调任上海。连日熬夜再加上战事推进不利，已使他形销骨立，只是军人的一腔好胜之心强自撑着。

开战已四五日，他还没有实现将日军赶下黄浦江的最初承诺。以人海战术攻击对方的坚固阵地，已被证实为一场以血肉之躯对抗钢筋铁骨的徒劳之举，几天来部队的大量减员让他不得不承认，盘踞在虹口和杨树浦一带的日本海军陆战队是一根比预想的要难啃得多的骨头。

在派驻第 88 师的德国顾问汉斯·费特尔上校的建议下，8 月 17 日清晨，他的部队刚刚发动了一场行动代号为"铁拳"的高密度进攻。

这种突击队战术是德军在一战临近尾声时经常采用的，计划是先发动一轮密集的炮火攻击，然后出动一支由装备精良的士兵组成的小分队插进敌军防线，再接下来，第 88 师从西往东打，攻击虹口，第 87 师在东侧开展协同行动。

尽管“铁拳”行动迅雷不及掩耳的首轮攻击让日军一度不知所措，突击队最初几个小时也进展顺利——他们都是身手敏捷的好手，配备两日给养，打法是突入建筑物内部，拆掉一面墙再进入另一条街，或者从一个屋顶向另一个屋顶搭建横梁——但坚固的防御还是让突击队不断减员。再加上日军舰队炮火的支援，张治中的希望之窗不得不关闭了。一天拉锯式的战斗下来，防御比进攻更胜一筹。

日军也明白，如果他们只是死守虹口和杨树浦区域，而援军迟迟不来，那么中国军队的轮番进攻终究会让他们像下饺子一样跳进黄浦江。

在战斗最激烈的时候，第三舰队司令长官长谷川清向他的上级连发三份电报，语气一封比一封更绝望。随后，日本南部佐世保海军基地的海军陆战队出动了两支增援部队，在青岛等候调遣的一千四百名士兵也奉命乘船赶赴上海。

就在陈诚和张治中在后者的指挥部会面的时候，从青岛出发增援上海的日本海军陆战队已投入战斗。几小时后，日本内阁发表声明废止早已是一纸空文的在华不扩张主张：“日本帝国的忍耐已经到了极限，不得不采取果断措施……从今以后，它将惩罚中国军队，以此促使（中国）政府自我反思。”

陈诚说他与张治中商定的歼敌方案未能实施，造成被夹攻的遗憾，与实际战况有所出入。其实，8 月 19 日傍晚，第 87 步兵师突入杨树浦至岳州路附近时，张治中已经采纳了陈诚的意见，决定扩大战果至汇山码头，“截断敌左右翼的联络，向东西压迫，一举而歼灭之”。

问题是这时张治中手中已无兵可调，没有及时投入生力军，第 87 步兵师行进途中又停下来整顿，致使日军获得喘息机会。后虽有刚刚抵达的第 36 步兵师——这也是一支德训精锐部队——担任主攻任务，该师两个团从虹口突出，沿街道垂直杀向江滨，但在通过江滨的码头区的五个重兵防守的路口时，这两个团的士兵成了沿途潜伏在屋顶或高层建筑物窗户后的日军狙击手的猎物，再加第三舰队大口径火炮的无情轰炸，他们的进攻变得疲沓而犹豫。

第 36 师虽有一部攻入汇山码头，仍站不住脚，只得退出。战斗进行了一天一夜，第 88 步兵师和新加入进来的第 36 步兵师，发动进攻的机能已严重受损，而当天晚上，佐世保基地增援上海的海军陆战队抵达上海，在上海的日本海军陆战队人数一下增至六万余人。

8 月 22 日，陈诚被任命为第 15 集团军总司令，当晚由南京、苏州转南翔，想找张治中“重商总攻部署”，因前方通信困难，回苏州处置一切。

奇怪的是，张治中似乎被蒙在鼓里，他并不清楚战斗序列已发生变化，只是听到一些传言。第二天，张治中从太仓赶至嘉定，引起第 18 军军长罗卓英的疑问，张总司令为什么会跑到我们这里来？后来据张治中的说法，他仔细一问，才知道“自蕴藻滨以北地区的防务，统归 15 集团军，由陈诚指挥了”。张治中担心自己被排除出核心，于是连夜前往苏州，找第三战区副司令长官顾祝同了解情况。

岂料蒋介石得知后，在电话中一连声质问他为何不在前线，为何跑到后方苏州？张治中本就窝着一肚子气，在电话里声音也不小：“罗卓英归我指挥，我不能不去看看，我不知道他已划归陈诚指挥了！”蒋介石的责问愈发严厉：“为什么到苏州？为什么到苏州？”张治中再也按捺不住，连日战事失利的愤懑爆发了：“我回苏州只是为了与顾祝同商量重要战略问题，否则，我肯定不会离开前线的。”感觉不公的他又加了一句：“委员长究竟怎么样！”

蒋介石被他这一无礼的顶嘴激怒了，电话里的声音变得尖锐而嘶哑：“我怎么了？你问我怎么了？”

张治中放下电话倍感沮丧，他预感到，自己这个左翼军总司令快做到头了。但他还不知道，蒋介石会在日记里骂他“浮薄无识”“怯弱无能”，认为他“过于注重宣传”，只会向外面报界耍大舌头。

就在中国的将领们站在地图和沙盘前调整未来的作战部署时，日本陆军第 3 师团、第 11 师团正从南部城市名古屋驻地出发，登上由“那智”号、“足柄”号两艘重型巡洋舰领航的一支大船队前往中国，准备在上海以北的长江口登陆，建立向南部腹地推进的桥头堡。

此时，中国指挥官们的视线全被上海城中的攻防战牵引住了，也没有人派出飞机对这一地区进行空中侦察，谁也不知道，一支庞大的军队正在这里集中、蛰伏，并将发起致命一击。

这真是难以置信的大失误。但这一失误就在所有人的眼皮子底下发生了。实际上，五年前的那场战争中，日本人就施过这一阴招，从上海北部的长江堤岸实施他们的包围计划，宝山要塞里至今还残留着那次登陆战留下的弹痕。

18. 小业主沈鸿和跳来跳去的林主任

一整天热浪和炮火的炙烤终于停歇了，上海沉入了黑夜。

霓虹灯早就不亮了。八月的夜依然风息不动，整个城市像沉入了锅底一般。只有街巷尽头电压不稳的路灯闪烁不定，黑魆魆中像是巨兽的眼。

一片静谧中，位于虹口区胡家桥嘉德里 8 号的一处小院里，一阵阵钢铁相碰的叮当声显得分外刺耳。这是一家名为利用锁厂的小工厂，声音从已被炸成半坍塌的几间厂房中传出。

满身机器油污的沈鸿带着三十几名工友兄弟，正在抡锤敲钎，拆卸机床。每拆下一部分，工人们就立即猫腰抱起，搬到院中按组码堆放整齐。

临近午夜，各式各样的机器零件摆满整个院子，累坏了的工人也都在厂房和天井里横七竖八地躺下了。

沈鸿没有睡，他趁着一点幽暗的光亮，还在对每组零件一一清点记录。记完最末一组后，他一屁股坐到地上，呆呆地望着面前这片泛着冷光的铁疙瘩。几天后，他将和它们一起踏上九死一生的旅程。

这些冷冰冰的机器零件，对三十一岁的沈鸿来说，是他全部的性命家当了。

这个身量不高、神情坚毅的工厂主是浙江海宁硖石镇人。因早年丧父，家境贫寒，只读了几年小学，十三岁那年起就离开老家只身到上海滩闯荡。先是在一家叫协泰新的布店做学徒，一边做工，一边自学机械，因他经常搞一些诸如“防盗铃”“机关锁”之类的小发明，很得店主赏识，后来就让他管账。二十五岁那年，他终于和朋友一起办起了这家锁厂，他自任经理兼工程师，专门生产利用牌弹子锁。

虽然厂子规模不能同胡厥文的合作五金厂相比，但凭着沈鸿的一股子韧劲，生意也在慢慢做大，生产的弹子锁具不仅在上海市场站稳脚跟，还远销到香港和南洋。他还自己动手，设计制造了一批小铣床、小磨床和专门制造汽车阀门的机器，在机器五金行里挣出了小小的名头。

就在这天上午，利用锁厂附近的一个街区刚刚挨了炸，厂房的一角也给炸塌了。

沈鸿听闻机器五金同业公会的颜耀秋等人在发动工厂搬迁，却一直没有找到他头上来，眼看街上到处都是出逃的难民，他坐不住了，邀请了其他几位股东来虹口嘉德里 8 号院的厂房紧急开会，商讨工厂求生之策。话没说上两句，一架日本战斗机就尖啸着向这片街区俯冲而来。股东们吓得连忙伏在地上。顷刻间，一枚炸弹落下，厂房的后山墙轰然倒塌，强劲的气浪涌进来，撞得机器都嗡嗡作响。直到飞机飞远了，股东们才战战兢兢地从半埋住身体的灰土中爬起来。

透过颓圮的后山墙，可以看见附近的一家商场，已只剩一堆焦黑的瓦砾。

事实已经铁定摆在了眼前，如果不迁厂，机器不是被炸毁，就是被日军占领后利用，间接资敌。沈鸿提议马上拆卸机器，零件封装保存，迁入内地。

几个股东一合计，让沈鸿带上十套可相互配合的工作母机（即生产机器的机器）零件，迁入内地建分厂，生产机械零件支援抗战，剩下的则在厂内挖了一个大坑，分装深埋，以待战事过后重整旗鼓。

可是要迁厂，必须先到迁委会备案登记，官方才给安排路线，提供补贴经费。沈鸿听同业公会的人说，申请的期限已经快要到了，于是股东们赶紧分头行动，一边去凑内迁的盘缠，一边找来工人师傅们来拆卸机器，沈鸿则去迁委会找人。

迁委会已经不在牛庄路办公了，搬到了四川路6号“火柴大王”刘鸿生出借的企业大楼里。一楼的中国企业银行早已关门歇业，沈鸿一口气跑到八楼，楼道上往来穿梭的都是神色慌张、手拿表格的工厂老板，他们都是来办迁厂手续，领取补贴的。迁委会的委员们都出去了，他转了一圈也找不到人。

有人提示沈鸿，迁委会只管上报，不负责审批，从南京来的工厂迁移监督委员会主任委员林继庸在马浪路（今马当路）的一家舞厅办公，真正管事的还是这个林主任委员，何不直接找他去？

从四川路到马浪路十公里左右，太平日脚坐个车，要不了半小时，眼下城中大乱，电车停开，挨挨挤挤到处都是人流车流，他在路上折腾了四个多小时，才找到马浪路41号那家舞厅。

舞厅里一片乱糟糟，原本光滑可鉴的橡木地板满是一个个杂沓的灰脚印。他正诧异林主任为何要找一家舞厅来办公，忽看到舞池角落，宽大而凌乱的办公桌后斜坐着一人，左脚被从房梁上垂下的粗绳套高高吊起，脚板上还缠着厚厚的绷带，此人正是监督委员会主任委员林继庸。

原来，林继庸为了工厂内迁事，连日来奔走于南市、闸北之间，不慎左脚受伤中毒。开始行走还无大碍，后来发了炎，痛得不能下地，只能一只脚跳来跳去了。伯特利医院的医生吩咐说，必须把伤脚挂起不可放下，“否则恐成残废，须割去一足”。好在监委会就林继庸一个光杆司令，找了马浪路的这家舞厅做办公室，在这里处理迁厂各种杂事，也胜过单脚跳来跳去了。

对此情形，林继庸曾如是自述：“我亦因连日奔走南市、闸北，左脚受伤中毒，恐成残废。各厂家相顾无言，我亦只得一只脚跳来跳去！但我不能终止我的工作。我在马浪路租了一家跳舞厅作为办公室，悬高左脚坐着办公，接应各方面来往的人物。工业界朋友们见我这样不屈不挠拼命苦干，心亦为之感动，工作更加迈进，很多小事不再来麻烦我了，有问题他们自己想办法解决。如此工作效率反而增加了，原来我常陪他们到各处办交涉浪费了不少时间，现在他们分头工作，我则驻厅（跳舞厅）从中指挥，在万难之中，鼓励着各厂当事人的勇气。他们每当走投无路，常常大发牢骚。对待他们只有忍耐，只有安慰，只有劝勉。当此千钧一发的时机，假若我们意志稍现颓丧，我们之处理稍感畏难，则此后工作进行将必陷于停顿……我们心念上海一隅的战事，不知能支持几时，岂肯轻易放松一瞬的时间？”[①]

林继庸高悬左脚，正忙着处理桌上成堆的文件，听沈鸿说明来意，表示不是自己不愿相帮，实是上头拨下来的经费有限，工厂规模过小的，很难列入政府扶持内迁之列。

他说的倒也是实情，工厂内迁的事办得仓促，政府一开始根本没有迁厂计划，好说歹说，还是资委会副主任委员钱

① 张朋园、林泉：《林继庸先生访问纪录》，第36页。

昌照顶着压力，从资源委员会账上拨借了56万元给他，才算解了燃眉之急。到处都要花钱，八个瓶子七个盖，迁委会只能挑选一些关系重大的命脉企业提供扶持，一般的小厂小作坊就暂时顾不上了。

看着沈鸿失望的样子，林继庸有些不忍，他建议道，如果利用锁厂这样的一批中小企业真的愿意迁厂，可以跟随大部队一起走，他会关照一路开绿灯，但政府的经费补助是拿不到了。

沈鸿当即表示，他愿意自费内迁，说什么也不能留在城里等着挨日本人的炸弹。

19. 工业动员图

开战已有两日，越来越近的枪炮声就像随时会落下的催命符，每一分钟的延误都可能造成更大的损失。至战事爆发第二天的8月14日，报名内迁获得资助的工厂和愿意自费跟随的，已经超过一百家，这个数字还在不断增加中。

这些工厂都在拆卸机器，冒着炮火抢运过河。“在炮火连天的时候，各厂职工们正拼着死命去抢拆他们所宝贵的机器。敌机来了，伏在地下躲一躲，又爬起来拆，拆完就马上扛走。当看见前面那位伙伴被炸死了，大声喊声‘嗳唷’，洒着眼泪把死尸抬过一边，咬着牙筋仍旧向前工作。冷冰冰的机器，每每涂上热腾腾的血！白天不能工作了，只好夜间开工。在那巨大的厂房里，暗淡的灯光常笼罩着许多黑影在那里攒动，只闻锤盘轰轰的声响，打破了死夜的沉寂。”林继庸称之为可歌可泣的“一幅血泪交织而成的工业动员图”。[①]

被另眼相看遭到拒绝的工厂不在少数，有的是厂子规模过小，连志愿单和报关书都递不上去；也有的是不知什么原因被官家打入另册的，机械工程师汤仲明的工厂就是一例。

汤仲明是河南孟县人，少年时代，皮裁缝家庭出身的他就显现出了一个发明家的良好潜质。他当时的志向是做一名教师，为此还上了开封的师范讲习所。1919 年后的出国潮中，汤仲明加入了赴法勤工俭学的大潮，但他家里穷，读不起大学，到了法国都是在一些技工学校半工半读，这使他无缘当时旅法学生参与的一些共产党早期组织。只知埋头做工

① 张朋园、林泉：《林继庸先生访问纪录》，第 38—39 页。

读书的他最后取得了机械工艺工程师的执照。

他在法国南台火车制造厂、巴黎布尔歇飞机制造厂、巴黎雷诺汽车制造厂实习过，还在一家轻型坦克厂打了好多年工，基本上搞清楚了怎样制造一辆坦克。但他学成回国后没有去造飞机坦克，他把对军工武器的热情转移到了制造木炭汽车上。

他当时在铁路上工作，担任陇海线上一个机务段的段长，亲眼看到每年要花费大量银圆采购洋油（汽油）来维持运力，就梦想以平生之学造出一辆不以汽油为燃料的汽车。他拿出全部积蓄，购买了废旧汽车、气缸和水箱，开始了木炭取代洋油的研究。

这事还真的让这个梦想家干成了。1932 年，汤仲明造的第一台木炭汽车在郑州西郊碧沙岗经实业部专家验收通过。该辆汽车时速达四十公里，每公里仅耗木炭一市斤，使用成本是汽油的十分之一。当时的陕西省政府主席杨虎城闻知，立即邀请他赴陕西表演。

汤仲明驾驶着自制汽车从河南一路行至西安，每次表演都引来万众潮涌。后来他又自驾到了南京汤山，政府派出的专家组对他的车进行了重载试验，又获成功，准许将其发明的汽车在全国推广。

于是他索性创办了仲明代油炉制造厂，写了一本专著介绍他的木炭汽车技术。在接受上海《立报》采访时，汤仲明说他研究木炭汽车的目的不是想发财，“实在是想摆脱国际石油商的垄断，使中国的交通工具，不致因燃料来源断绝而停顿，变成一堆废铁”。“五四”后出国留学的一拨人，对国族的感情普遍较为深厚。

那时的汤仲明志得意满，却也不见他赚了多少钱。政府奖励给他的一点有限的专利费，都被他用到了推广木炭汽车上去。他还有个更庞大的计划，就是研制类似于永动机的“仲明动力机”，跟人一说起就双目炯炯发光。

旁人都叹，这个书蠹头！

他不知道，由于对专利费的坚持，他已经无意中得罪了某些官员。

“八一三”之战爆发前夕，他那个仲明代油炉制造厂已经搬到上海南市，更名仲明机器厂。同时他在杨树浦还有一家工厂——仲明木炭汽车股份有限公司。战争一爆发，汤仲明沉睡许久的坦克梦突然被唤醒了。

他上书资源委员会，表示国难之际，愿以一技之长奉献国家，只要将现有工厂设备稍加扩充，他的工厂就能够制造出坦克。为此，他提出三点要求，请政府协助解决，一是请政府出面向银行担保，保证他的工厂安全起运；二是借给他

10万元钱；三是尽早采购制造坦克车所需原料。

在呈给资委会的节略中，他说："一，查敝工厂地处上海南市，因非久安之地，现已净机器拆卸装箱，敬候搬运内地。惟因与江苏银行有抵押放款关系，须得保证方能起运，拟请政府指明适当地点，早予迁移，并向江苏银行代为保证，藉以维持放款合同精神。二，今后进行方式，敝厂仍希望保持商业性质，拟请政府预为借给资金10万元，此款以后分期拨还，并请派员监督进行。三，查制造大批坦克车需用原料甚多，现在上海方面尚可采购，拟请政府即拨款购置，一并搬运后方，以免断绝原料之虞。"①

可能是这10万元把政府的老爷们吓住了，也可能他得罪过的某个官员暗中使了绊子，资委会接到汤仲明的迁厂申请后，某个领导大笔一挥，批道，"汤仲明造木炭汽车在外信用不佳"，直接把他从迁厂名单里删掉了。

汤仲明的两家工厂最终在上海毁于战火。后来他流落到了江西泰和和广西桂林，担任一些小厂的工程师。他的厂子没了，战争还毁掉了他的永动机梦，但他发明的木炭汽车技术，使用的人却越来越多，抗战后期物资紧缺，汽油都靠外援，

---

① 《拟请制造坦克车节略》，录自"档案"，转引自孙果达：《民族工业大迁徙：抗日战争时期民营工厂的内迁》，第37页。

滇缅公路上奔跑的运送战备物资的卡车大多都是木炭汽车。

20. 蚂蚁渡河

清晨的苏州河边，仍不见一缕风。天边一抹越来越艳丽的血红，预示着又是一个大晴日。连日炎阳暴晒，河水浅了一些，好几处河滩都被晒裂了。

此处码头已近郊外，可以看见河对岸茂密的芦苇。早起的临河人家正趁着炙烤人的暑热尚未开始，在河边生炉子，洗刷马桶。尽管市区方向不时有隐约的炮声传来，这里的烟火气却依旧在升腾。

这一天是 8 月 22 日。顺昌铁器厂的老东家马润生出足了钞票，磨破了嘴皮子，终于有五艘木船的船主答应装货去苏州了。半夜开始装载，天快亮时才告装竣，每条船都吃水很深。简单告别后，马家长子、顺昌铁器厂厂长兼总工程师马雄冠，这位日后的通用机器公司总经理亲自押送船队，沿着苏州河缓缓向西驶去。

这是为内迁开路的第一家工厂。除了马雄冠，船上还有顺昌厂七名自愿报名的技术工人。按照事先计划好的路线，第一批设备和人员在抵达苏州之后，将用小火轮拖载至镇江，再换装上事先安排好的江轮，运至汉口。

四十岁的林继庸站在河边，身后立着迁委会的一干人。尽管腿脚不便，他还是坚持来码头为第一拨西迁工厂送行。未卜的前途让他们每个人心里都沉甸甸的。

马雄冠的船队出发后，林继庸给南京的钱昌照发去一电："十日可抵镇江。其余如得小火轮即可继续运出，拟均由镇江转船，乞派员至镇江照料，并由镇江将情形随时通知汉口。"

第二日，林继庸仍不放心，趁着大鑫厂余名钰赴南京之便，让他带去一条文，密呈钱昌照："各工厂准备迁移者已有十五家，昨日有顺昌铁工厂一家，冒险用民船划出，取道苏州进而转至镇江，再转船拖到武汉。"[①] 考虑到今后大量船只会以镇江为周转处，他恳请派员赴镇江主持，并请航政局镇江办事处协助。

木船能不能吃得消机器载重？这条路线是否安全？半途会不会遭到日机轰炸？到点后接洽的人员是否就位？这一切，林

① 《林继庸陈报上海各工厂迁移事项并附送上海工厂联合迁移委员会议决条文密呈》(1937 年 8 月 23 日),《国民政府抗战时期厂企内迁档案选辑(上)》,第 100 页。

继庸全无把握。他想，如果能够弄到小火轮就好了，小火轮马力大，运力足，或许可以保证后面的厂子从这条河道陆续迁出。

兵荒马乱中，能租到民船和小舢板算不错了，哪里还有小火轮？船只调运稍有进展，那些封装好机器的厂家已经等不及了。马雄冠的船队出发三天后，8 月 25 日，颜耀秋的上海机器厂分乘五艘木船，由倪思培、杨振声带领七十余工友，装载着五十余部机床和一批原料也出发了。

8 月 27 日，出发的是胡厥文的新民机器厂和合作五金厂的十一艘船只，装载一百五十余部机床和八十余名工人。

8 月 30 日晨，余名钰的大鑫钢铁厂的机件分乘六艘民船，由吴仲甫、谢子本率第一批工人三十人沿着苏州河出发。大鑫厂分数拨出发，随迁工人共一百九十三人，为上海内迁工厂之首位。

船只起航时，所有出发的工人，每人给一番号，用小方白布墨笔书写姓名、号数，缝于衣襟上，以便识别。为便于途中联络，船队都编了组，十人为一组，十组为一分队，五个分队为一大队，各有组长、分队长和大队长。所有机器按照其性能，能否受日光、潮湿、重压等，也都做了编组。[①]

---

① 《资源委员会秘书厅关于上海运送工人及机件应注意事项密函稿》(1937 年 8 月 12 日)，《国民政府抗战时期厂企内迁档案选辑(上)》，第 97 页。

为防日本侦察机从高空侦知，装载机器的木船都做了伪装。船的四周还放了钢板或铁皮，以防流弹和弹片。每艘船相隔半里许，互相照应。

中国标准笔厂的吴羹梅参与了这次工厂迁徙，他回忆："我们将拆下的机件，装上木船，在船外以树枝茅草伪饰，掩蔽船内物资。各船沿苏州河前行，途中遇到敌机空袭，就停避在芦苇丛中，空袭过去再继续前行。"

一个叫林凡野的亲历者说："当我们在各处的江河上，看到无数张帆挂橹的木船，顺着风力，朝着水流，蚂蚁样地渡过了千数百里的时候，该意料不到那些行动笨拙可怕的木船里，尽是满载着无数吨的机械。"①

但即便做了充分的伪装，在炮火下抢运仍是惊险万状，曾在苏州河上亲历抢运的实业家潘仰山，将之称为"时时刻刻如过火焰山"："机械的拆运，可说是千辛万苦，在苏州河的那段艰苦情形，至今谈来没有不被人钦叹的，天上有敌机的追袭，地上又得想尽办法领护照通过防线，尤以敌机的追炸与扫射，使得迁移工作寸步难行，时时刻刻如过火焰山。"②

① 林凡野：《在倭寇轰炸中工厂内迁的经过》，《中央周刊》第1卷第6期，1938年。
② 潘仰山：《民族工业的命运》，《西南实业通讯》第15卷第1、2、3期合刊，1947年。

大批木船陆续西行，他们到达苏州后传回消息，使林继庸悬久了的一颗心终于放下，他终于下了决心，告诉钱昌照："取道水运，职几经考虑乃决定，此后当源源由此道而行，虽稍缓，但较安稳，其他捷径每有欲速不达之感。"

钱昌照收到急电，当机立断批准了林继庸的计划，电告："机件抵镇后装运赴汉，用大轮船或小轮拖驳船或帆船，何者为最适宜，盼酌定电复。"

林继庸调查后报告：由镇江开赴武昌的船舶，最好用大帆船，因帆船可直泊武昌，而轮船则须先至汉口再转武昌，不方便，"且运费亦以帆船为便宜也"。[①]

21. 昼伏夜出

沈鸿和利用锁厂的工友们，是8月25日晚上跟着大厂的船队出发的。

---

① 《上海工厂迁移监督委员会林继庸关于在沪办理工厂迁移历次工作报告》"第3号报告"（1937年8月30日），《国民政府抗战时期厂企内迁档案选辑（上）》，第102页。

利用锁厂工厂规模太小，没有资格列入迁委会的迁厂名单，算是自行内迁。这一来就拿不到迁厂补助，运输船只也要自筹。但沈鸿并没有因列入另册而气馁。

出发前，沈鸿和股东们就迁移路线有过一番争论。有股东提出，如果跟着大队走，目标太大，如半途遭遇日军的阻击，租来的两艘木船航速又慢，说不定就会被当了炮灰。但沈鸿坚持，他们这个小五金厂如果想去后方建厂支援抗战，就必须跟着大队走，因为这条路线是政府安排的，行经的各个点有运输站联络照应。另辟新路，风险更大。

最后按照沈鸿说的，跟着上海机器厂的大船走，这事预先跟颜耀秋打了招呼。

白天为了避开轰炸，沈鸿的人马都蛰伏没动。8 月 25 日傍晚，嘉德里 8 号厂房最后一批机器拆卸、装箱完成。沈鸿看着聚在身边一群满脸油污的青年学徒工眼里不舍的神色，提议给每个人拍张照。

这些人是最终决定跟着工厂西迁的，最大的十八岁，最小的十六岁，都还是稚气未脱的孩子。他们的名字是陈孝良、曹金木、宋定良、沈保全、姜载愉、吴璜、四富、黄海霖。年长的工友也有报名的，因家庭牵累一时半会走不了，都想看看形势再说。

趁着出发前的最后一点时间，沈鸿请来了照相师傅，给每个人照了一张大头照，最后还一起合了影[①]。离开嘉德里8号时，沈鸿匆忙抓起办公桌上的一本快翻烂的《化学工业大全》塞入行李包。

随后，他们雇车装了满满五大箱机器零件，分装上两只租来的木船，在苏州河畔一个不起眼的地方跟上前面的大木船出发了。

漆黑的夜空中，没有了白日里刺破天幕的成群的飞机。郊外的星星有些明亮，夜色成了他们最好的掩护。汩汩水声中，河面上竟然起了一阵清凉的风，一些白天被炸毁的船的碎屑顺流漂过来。视野渐渐开阔，可以看到更远处忽明忽暗的几点野火。

这位未来的共和国副部长心里突然有种不安，他不知道将要把这八个孩子带到哪里去。他也不知道，前面等着他的是什么，他们还能不能再回到上海。

---

① 这些照片一直由利用锁厂股东张念椿珍藏着，张念椿去世前把照片交给女儿张小萍，2010年，张小萍女士捐给了海宁市史志办，以备筹建沈鸿纪念馆之用。

22.“到汉口再见”

八九月间，上海工厂内迁渐上轨道，林继庸虽人在上海，却心念着整个东部地区的工业，尤其是青岛和苏州、无锡、常州一带的纱厂，他曾于8月30日致电南京，请资源委员会派员前往主持。

苏锡常一带纱厂众多，战事尚未波及，亦可着手发动内迁。资源委员会遂于9月中旬派顾毓瑔前往苏锡常一带动员。让林继庸深觉遗憾的是，“各纱厂当时赢利甚厚，大家都抱着宁可现在多赚钱、等到事到临头再算的观念，所以未能推动”。

西行船队陆续出发的同时，迁委会派员前往各地，在途经各点设立起了服务站，以便接应。李若膺驻苏州，金履端、邹友仁、蒋逸聪驻镇江，李守中驻武汉。服务站的任务除了接应船只，还要预先物色房屋、堆栈，安排工人住宿处所。

资源委员会也派了陶寿康、施才两员驻镇江，李荃荪、吴至信两员驻武汉，监督并负责照料。政府为示对工厂迁移的重视，做出承诺，凡迁委会及各站职员，有因公受伤或死亡者，由监委会负责医养抚恤。

按照预定计划，内迁船只到了镇江，点验各物，并将工人编号，转船赴武昌。出发时以航快通知驻汉接应的李荃荪、吴至信二人，告以船名、到汉日期、停泊码头、装载机器及体积、负责护送人姓名等。出了危险地带后，再用电报告以“安全”。

资委会提前派金履端、邵仁里二人到镇江，在大华饭店设立通信联络处，协调一切。在镇江接应的主要是招商局的轮船，计有江轮十三艘和小火轮八艘。另外还有三北、大达、大通等航运公司的船只。但这些船只主要运输军用物资，以及政府机关和银行的物资，仅用小部分装运民营内迁工厂的机件。金、邵二人使尽浑身解数，也拿不到更多船，这使得不少内迁船只到达镇江后，无轮船可换，只得仍乘木船划向武汉。

这一来迁移速度大为减缓，有的工厂如中国实业机器厂等，抵达汉口目的地已是次年一月中旬了。

颜耀秋回忆：“我们在苏州、镇江两处都设有运输站，与当地军运及政府取得密切联系，并与上海时通情报。那时因江阴已被封锁，铁路又侧重军运，我们只有循苏州河一条路运至苏州，或取道南市由松江转苏州。初次尝试成功的消息传到上海后，中国建设工程公司、慎昌铁工厂、康元制罐厂、中华铁工厂、益丰搪瓷厂等的物资都相继采用这种办法急遽运出。”

除了颜耀秋所说这些工厂，8月下旬至9月初，沿着苏州河迁出的厂家，尚有镐锠铁工厂、汇明电池厂、铸亚铁工厂、中国机器厂、美艺钢铁厂、达昌机器厂、三北造船厂等十三家厂，由各厂职员雷志裔、黄生茂、谢正宽、戴怀三、庄阿大、董吉甫、钱惠康、孙九鼎、孙传德、汪友之、王春芳、孙士桥等分别率领，向着苏州方向挂帆而去。

首批工厂出运成功，起初那些虽经苦劝而不愿动弹的，也都自动前来报名，要求加入迁厂队伍。“一传十，十传百，造成一呼百应的趋势”，迁厂突然成了一种时髦。林继庸说：“好像谁的工厂不搬迁，谁就是对抗战不力，被认为准备做顺民、做汉奸。”一个大型工厂搬迁了，紧接着必有十数个小型卫星工厂跟着搬迁。

再加上海市社会局局长潘公展亲自签发公告，要求各工厂及同业公会到监委会接洽搬迁，一时间，来马浪路舞厅找林继庸报名申领迁厂证明书的越来越多。

“有一位厂家急急忙忙跑回家去对老娘子发表他的意见，随即召集他厂内的学徒工人演讲一番，即下一个命令‘搬！’全体动员，漏夜收拾。把笨重的机件托给所知交的大厂家代为保管，他们肩负着包裹到我的办公室来领证明书。我诧异于他们的决心及动作何以如此迅速……他们接得证明文书，说声‘到汉口再见！’头也不回，大踏步，肩着行囊走了。这种剑及履及的精神，光明磊落的态度，真可令一般麻木不仁的资本家愧死。”①

报名内迁厂家短时间蜂拥而至，让监委会一时有些应接不暇。7月底以来，林继庸到上海动员各厂，说得口干舌燥，都没几家听命，战争让一切陡然转向了。

只是这一来，他从南京带来的56万元的迁移经费显然不够使了。

9月3日，林继庸打电报向钱昌照告急：“目前虽曾将无关需要之厂家不予接受，然仍恐超出原提案之预算数额，似宜预先筹划。惟预算案一时不能制就，或尽先以此间存款支付，以应时机，俟制就预算再向行政院提议，以示权宜。”②

钱昌照那边，跟财政部磨破了嘴皮子，也只得到15万元迁移费，还不够偿还资委会的垫款，他只得一面电嘱林继庸，务以“行政院原案部分为范围”，一面再去向行政院争取拨款。

① 张朋园、林泉：《林继庸先生访问纪录》，第42页。
② 《林继庸9月3日报告》，录自“档案”，转引自孙果达：《民族工业大迁徙：抗日战争时期民营工厂的内迁》，第13页。

林继庸接此电报，苦于无法拦阻要求内迁的浪潮，不得不以监委会的名义公布了一个新办法，对迁移工厂做出限制："严格限制制成品的运输；原定之材料、成品、半成品运输补助费一律减半；运输费除机器外一律补助至镇江为止，以后之运费一律自理；生财运输补助费即行停止。"

他以为，这么做的理由，"一以济用，二以救急，且可省费"，"厂方当不致发生异议"。但他想得过于乐观了。这一拦阻之举激起了那些民营工厂主的一片骂声，最后他自己也不得不承认，对这一做法"厂家颇有异言"。

23. 偷袭吴淞

8 月 23 日凌晨 2 时，黑暗中，日本上海派遣军司令官松井石根大将登上"由良"号轻巡洋舰，第 3 舰队第 8 战队司令南云忠一少将已在甲板上等候多时。

他们沿着船梯登上指挥塔，看到巡洋舰上喷射而出的炮弹正将黄浦江上空的夜幕撕开一道道口子，河岸边橘红色的火焰正在呈波纹状蹿起。

天亮前，松井石根将在这艘轻巡洋舰上指挥第 3 师团、第 11 师团的两栖登陆作战。此前，从日本本岛开来的这两个师团已经抵达长江入海口附近的马鞍列岛，轮船上的士兵也都转移到了较小的船只上。白天，松井已经数次乘坐“由良”号在长江和黄浦江上来回巡视，早经选定的登陆点全都一览无遗。

即将对长江边的小镇吴淞发动第一波攻击的五百名海军陆战队士兵上半夜已经坐船从上海赶到。比之陆军，他们的两栖作战经验更丰富，伤亡也会更小。随着指挥舰上发出的一个指令，穿着青褐色军服的海军陆战队士兵登上登陆艇，然后在军舰上大炮的掩护下，开始横渡平静的江面。

对岸阻击的炮火并不猛。登陆艇越过江心后，所有船只都打开探照灯射向对岸。这一设计的目的在于使对岸的守卫部队看不清江面的状况。

幽灵般突然亮起的灯光把登陆区勾勒出一个月弧形，岸上的机枪阵地吐出了火舌子。但哪个地方一有机枪开火，立即就会被军舰上的大炮锁定，一顿狂轰，就陷入沉默了。

凌晨 3 时，第一艘登陆艇冲上了对岸的滩涂。岸上的迫击炮阵地开火了，炮弹嗵嗵地落进水里，对进攻丝毫构不成威胁。

海军陆战队开始涉水上岸。训练有素的士兵像猴子一样爬上堤岸，并观察前面的地形。冲过一小段开阔地后，有人踩中了地雷，然后是更多的爆炸声，但他们已不可能回头。更多人怪叫着蜂拥至中方阵地前，开始了短暂的白刃战。要不了多久，阵地就是他们的了。

正如偷袭前的情报所显示的，负责长江这段河岸的中国军队战力极弱。从陆上直插上海腹心的通道已经打开，那是一条与黄浦江平行的军用公路。海军陆战队加固滩前阵地时，穿着黄皮子军装的第3师团在师团长藤田的带领下已在岸边登陆了。

松井石根同时收到了第11师团师团长山室宗武发来的好消息：截至这天早上7时，第11师团在空军的掩护下也在川沙口北部完成了登陆。这里的中国军队防守更弱，只有一个连的守军，很快就被解决干净了。

一切都比松井石根预想的要顺利得多。两个师团的伤亡人数加起来才四十几人。而且天气也出奇地配合。这几乎是一个万里无云的早晨，日军飞机正可以肆无忌惮地发挥空中打击的优势。

张治中于这天清晨5时30分，在南翔附近一个小村庄的指挥所里接到了负责上海北部长江防线的第56步兵师师长刘和鼎的电话告急，才知道有一支日军正在川沙口附近登陆。由于猛烈的炮火炸断了电话线，后续消息他都不得而知。但他明白，刚刚安顿下来的南翔指挥所肯定无法使用了，于是天亮后驱车前往江湾镇的第 87 步兵师司令部，那里离敌军登陆点略近，可以更清楚地搞明白到底发生了什么。

行至半途，他的车被日机盯上了。为了避开轰炸，他下车步行。途中遇上一个骑着自行车的传令兵。士兵跳下车敬礼，同时语带讥讽地问道，怎么回事，现在司令也只能乘 11 号车[①]了？张治中二话不说，从传令兵手中抢过自行车，向着江湾镇方向骑去。

情形比他预想的要严峻得多。为了堵击吴淞口登陆之敌，张治中把第 87 步兵师的一半兵力，外加刚从南京赶到的教导总队一个团派了上去。至于川沙口那边，刘和鼎的第 56 步兵师肯定不敌，他准备让第 11 步兵师顶上去，因为这个师的位置离川沙口只有几公里。

第 11 师是陈诚的嫡系，刚刚开到上海区域，师长不买张治中的账，说，我们被炸得头都抬不起来，如何才能赶到？张治中说，自己想办法，我不也是自己想方设法从南翔赶来江湾的！

---

① 指步行。

正如陈诚事后所说，日军第3、第11师团登陆时，“我军沿江各口岸各有布置，但兵力薄弱，后方交通不便，增援不宜，致敌人分由狮子林、川沙河口及吴淞上陆”。陈诚决定反攻，“11师、98师由东向西，6师、51师由南向北，14师、94师（一部）由西向东”。

第11步兵师是戎马一生的陈诚所构建的号称“土木系”（“土”字拆为十一，“木”字拆为十八，意指第11师和第18军）的军事集团的起家部队，第98步兵师系从调防武汉的途中向上海集结，陈诚这种一下子就把手中好牌甩出去的打法，可说孤注一掷，但北部战场失利的这个大窟窿他能堵上吗？

8月24日，日军第3师团以伤亡三百人的代价，攻占吴淞炮台和宝山。乘着日军立足未稳，陈诚指挥第98步兵师夺回宝山，该师294旅一部和292旅进至月浦、新镇一带构筑工事。此时的日军虽登陆成功，却陷入了苦战，每一步前行都代价惨重。

松井石根向陆军大臣和参谋总长报告称：“值得注意的是该方面使用了中国军中最精锐的陈诚指挥的第11师、第14师……我军兵力最小限度要五个师团。”作为最低限度，他要求东京大本营，从本岛抽调一个师团，再加上第11师团驻防中国东北的天谷支队来支援他。

宝山成了从川沙口到上海市郊的长江堤岸的最后一个障碍，从 9 月 4 日开始就落入了群狼环攻之中。第 98 步兵师的一个营在中校营长姚子青的指挥下守卫这座孤城，打到仅剩一百名士兵。翌日，日军出动了二十五架次的飞机空袭，军舰大炮雨点般倾泻在了古城的灰色墙体上。当日军坦克撞破城门时，这位戴着眼镜文质彬彬的年轻中校向师部发出了两则电文，一则是请求增援，另一则是宣誓与城共存亡。他们没有等来援军，太阳从地平线上吐露光芒时，持续一夜的巷战结束了。

唯一一名逃出城外的幸存者给师部带来了全营的最后一条消息，那是姚子青营长在战斗间隙提前写在一张纸上的："抱誓与敌皆亡之旨，固守城垣，一息尚存，奋斗到底！"

据中方战史记录，9 月 6 日，日军第 3 师团第 68 联队等部占领宝山。第 98 步兵师第 294 旅第 583 团第 1 营自营长姚子青以下，尽皆阵亡。

激烈的战斗已告一段落，随着日军登陆吴淞和川沙口，城北新战场的开辟使得中方不得不运动更多兵力向北集结。宝山一失，两支登陆的日军部队第 3 师团和第 11 师团会合了，像污脏的洪水一样冲向上海城。

24. 困在河中

连日飞来的日军侦察机早就发现了苏州河上的异动。开始，日机飞行员还睁只眼闭只眼，以为是出逃的难民，再加上长江边上的战场形势吃紧，故只是盘旋侦察，偶作骚扰。

等到他们意识到这是一次有计划的工厂迁移，对这一区域的轰炸力度便加大了。

9 月 5 日，日军出动飞机猛烈轰炸位于苏州河上的起运地点北新泾，附近的远东木厂和顺昌石粉厂一并被炸毁。

为避免更大伤亡，9 月 8 日起，驻防苏州河的第 88 步兵师奉令将乌镇路至北新泾一段的航路封锁。西迁船队已经行至此河段的九艘运输船漂泊在河中，进退不得，彷徨两日。

每遇行船受阻的消息报至，林继庸就与同事们冒险在弹片横飞的街巷穿梭，奔忙于京沪警备司令部、淞沪警备司令部、前线总司令部和各个地方办事处之间，与驻军主管人员交涉。

其时闸北一带战事正烈，“江上敌舰炮火直对着闸北一带乱射，弹片横飞，距鼻咫尺，中弹的房屋，随着脚跟倒下来，几葬身瓦砾堆中者屡屡”。[1] 但驻军以防查奸细为由，多方推托，他们的交涉并不顺利。

那九艘停在封锁区的满载机器和物资的船只，经过的是第 88 步兵师一个旅的防区。林继庸和颜耀秋早上 6 时从新垃圾桥过桥，徒步跟着第 88 师的领路人前去交涉。

其时江上敌舰炮火集中射击，弹片横飞，他们咬牙继续前行，9 时许，抵达该师驻扎的阜丰面粉厂，却找不到负责人。等到 12 时许，来了一位处长，经央求才答应带他们去找孙元良师长。

他们坐上一辆福特老爷车，车开了半小时，到了一所水门汀房子前，孙师长不在，最后总算找到了一名副师长，交涉大半天，才拿到继续通行五日的批文。颜耀秋感慨：“以后沿途碰到每军、每师，都要办类似的交涉，麻烦透顶。如此荆棘载途，难怪部分厂商视内迁为危途，望而却步。”

到 9 月 10 日傍晚，交涉始有头绪，江上的封锁算是全部解除了，各船也都重新领到护照，但因各个卡口盘查仍严，厂家还是大感不便。未几，与林继庸私交甚厚的京沪警

① 张朋园、林泉：《林继庸先生访问纪录》，第 40 页。

备司令部上海办事处主任邢震南[①]调任他处，发给护照一事又一度延搁了。

按战时规定，内迁工厂迁出上海市区需持警察局签发的通行证，而进入军队防区，又需要军队系统颁发的通行证。工厂搬迁刚开始时，京沪警备司令部上海办事处主任邢震南是林继庸的朋友，此人颇明事理，帮助迁委会搞到了一批空白的通行证、盖过大印的白布章和车船用的旗帜等，迁运工作一切尚称顺利。

后邢震南奉调太湖警备区司令，办事处事务由副主任汤武接手，汤武一改以往办法，颁布新规定，领取通行证的工厂必须先填报船名、人名、货名，还要附交随船人员的照片。林继庸闻讯，不由得叫苦："当此救急如救火之时，安能办此手续，所雇得之船，稍纵即逝，更不能候批示发给护照。"[②]

林继庸只得去找汤武理论，表示形势孔急，各内迁工厂根本来不及办齐这些烦琐的手续，希望从简办理。"汤主任为

---

① 邢震南（1892—1941），字霆如，浙江嵊县长乐镇坎流村人，保定陆军军官学校第二期毕业，淞沪会战时为陆军中将、京沪警备司令部上海办事处主任。1941 年以"失土之责"在江西上饶遭第三战区司令部处决。

② 《上海工厂迁移监督委员会林继庸关于在沪办理工厂迁移历次工作报告》"第 10 号报告"（1937 年 9 月 15 日），《国民政府抗战时期厂企内迁档案选辑（上）》，第 111 页。

法律博士，年轻，做事审慎太过”，哪容得资委会的一个下级官员顶撞他，竟踢起了皮球，说“如得上峰命令，则可多发通行证，以减轻本人责任”。

林继庸无法，只得急电军事委员会转淞沪前线司令部协助。没想到这一来彻底得罪了汤武，办事处官员通知林继庸，称奉前线总司令手令，所有各项护照均由总司令部发给，办事处不再办理。林继庸急了，因为“总司令部所在地点无人知晓，亦无从交涉”。

除了军方的阻挠，还有警察局的刁难。迁委会来报，那些名义上随船保护的警察竟也趁机勒索，开价每名警察发给津贴 15 元，途中若有伤病情形或开小差，还要迁委会负全部责任，赔偿一切损失。林继庸从资委会申领来的一点钱，本就捉襟见肘，显然无法接受这一要求。

几经周折，9 月下旬的时候，林继庸通过市长俞鸿钧的关系，总算获准从前线总司令部张治中将军那里领到一百张通行证。这一消息不知怎的被宋子文的上海市运输委员会侦知了去，不顾林继庸再三请求，硬是来了个半路拦截，扣下九十九张，用于政府机关搬迁货物。

在发给钱昌照的“第 15 号报告”中，林继庸报告了此事：“日前千辛万苦请俞市长代电张文白总司令以工厂迁移监督委员会领得之护照一百张，亦为运输委员会捷手攫去，昨日几经交涉，始取得护照一张。事事仰彼鼻息，殊感困难。”

直到10月17日，官家的财物搬得差不多了，监委会才再次领到一百张空白通行证，但那时上海的工厂内迁已近尾声了。

25. 行路难

说起这个上海市运输委员会，是时任中国银行董事长宋子文指使银行界出面，联合上海的交通、公用等部门一起搞的，会址就设在杜美路（今东湖路）的杜月笙公馆，以杨英（志雄）为该委员会主任。宋子文以这一组织的名义，强行征用、扣留了许多车辆，还从兵站调拨了两百余艘民船和三十余艘小火轮。

当时工厂刚刚开始搬迁，林继庸苦于手上没有船只，曾找上海市公用局和航业公会帮忙，处处碰壁之下，不得已与军政部兵工署驻沪办事处联合，成立了个军委会临时驻沪运输处，但即便他们借用了军委会的名头，还是空忙一场，连一辆车、一艘船都没搞到。车和船都让宋子文给控制起来了。

林继庸让监督委员会和迁移委员会都加入运输委员会这个组织，以为这样一来，作为成员单位多少可以解决一些车船。当时他还喜孜孜地向钱昌照报告说，这些船只，“职会大约可分得三分之一，亦可稍济急需也”。

但他高兴得太早了，宋子文成立这个机构，哪会想到这些民营工厂的搬迁。当时运输委员会定下的车船分配办法，首先是照顾军用，其次是用于搬运国防及银行物资，三是政府物资，最后排到第四位的，才是“民用物资”。内迁工厂算是“民用物资”，却一句都没被提及。

接连两个星期，林继庸都派员参加运输委员会的会议，虽然他们在会上据理力争，却连一艘木船也没有分到。深感不公的林继庸向钱昌照诉苦：“职会物资列入第四项，故目下不能得丝毫补助，事事仰彼鼻息，殊感困难！”迫不得已，他只有自我安慰，这些船大多不经一用，“且查该项民船多是破坏不堪用者，小火轮亦是马力不足者，故决计不与之争论”。

代表林继庸去开会的颜耀秋也是一肚子怨言：“没料到宋等别有用心……听说中国银行等有大批钢板、机器等抵押品，包括他们个人物资需要轮驳运到苏州去，哪顾到我们死活。我在会上一再陈述民营机器厂是奉命内迁，关系制造修配军火支援前线，非同寻常，应予照顾，他们却置若罔闻。”

颜耀秋还遭到了宋子文的严词斥责。当讨论迁移目的地的时候，宋子文提出所有东西全部先运到苏州，颜耀秋等人认为苏州难守，先运到镇江，再由轮船运至武汉比较安全，且可早日复工生产。宋子文的脸色变了。

“每当我们围着一个长台开会时，宋总是坐在侧面沙发上，主席杨志雄主持会议，不时看着宋的脸色行事。当我提出这项主张时，宋忽站起身来，大声咆哮说：‘不行，先抢出大门再说，抢出来以后，你们要搬到伦敦也行（意指装得再远一些也行）。’大家都不敢作声。”①

那批按照宋子文指示运到苏州没再转运的钢板，是商家给中国银行的抵押品，后来苏州沦陷，未能抢出，全部落到了日军手里。

坐了两星期冷板凳没搞来一条船，林继庸只好放弃。幸好各厂虾有虾路蟹有蟹路，总能找到一些“漏网之鱼”的小驳船把机器分装运出，但半途遇到“抓差”扣用或难民占用，

① 颜耀秋口述，李宝森记：《抗战期间上海民营工厂内迁纪略》，《20世纪上海文史资料文库》第3辑，第379—380页。

把机器卸在半途损失惨重的事，也屡有发生。到9月25日，苏州河再次被封，工厂内迁又被卡了脖子，进退两难。

内迁工厂的行路难，引起了社会舆论关注。且不说申领护照手续烦琐，有些工厂即使领到了护照，在内迁时仍遭驻军再三留难和阻拦，军方借“抗日”之名无故扣留车辆船只的行为十分恶劣。10月17日，上海市抗敌后援会邀请工业界人士刘鸿生、李祖范、冼冠生等开会，讨论民营工厂迁移中遇到的困难，众人一致把矛头指向了军方的阻挠。

会后，他们专门向军事委员会发电吁请。上海市社会局也希望军方对这些倾家荡产要把战区内残剩机件物资迁出的工厂主多一些体恤：

“惟沿途军警机关林立，除市警察局外，尚有京沪警备司令部、淞沪警备司令部、苏浙边区主任公署暨88师师部等，各以其防区为范围，甚至甲防区机关所发之通行证经过乙防区既失其效用。兼之有第一、第二特区错综其间，故迁移一物势非具备四五道通行证不可。不特此也，驻沪军事机关散处各方，厂商请求人都未能立予照办。且军事机关所在地时有变更，往往本局亦未能知其地址，厂商更感无门呼吁之苦。”[1]

① 《上海市社会局关于上海迁厂困难情形致军事委员会公函》，录自“档案”，转引自孙果达：《民族工业大迁徙：抗日战争时期民营工厂的内迁》，第29页。

但这些呼吁大多石沉大海。10 月 28 日，天原化工厂和天利氮气厂的十一艘内迁船只，在北新泾附近被溃散的国军士兵强行拦截，当作逃命用的浮桥。随船工人提出异议，甚至连通行证也被军方没收了去。

吴蕴初请动各路神仙，四处打点，直到 11 月 6 日，第三战区司令长官顾祝同才下令把被扣船只“查明放行”，“并制止不再发生前项事件”。但那时的上海，离沦陷已不远，苏州河上已难觅内迁工厂的船只了。

26. 租界不是保险箱

进入 7 月以来，五十七岁的严裕棠都在为一件事愁闷，公司和大隆机器厂要不要迁，迁到哪里去？他是光绪六年（1880 年）生人，因蓄着的长须已然灰白，看上去已是个蔼然老翁。

严家的这份基业发祥于吴县东山镇，在他手上又从东山到木渎，再经苏州到上海，三十年生聚，俨然已成巨族，他可不想在自己手上毁于一旦。

作为声震沪上的“棉铁之父”，严家的产业分布在纺织、机械、房地产多个领域，在苏州还有一家从状元企业家陆润庠[①]手中盘下的苏纶纱厂，但严裕棠还是最看重他花了7 000两纹银于光绪二十八年（1902年）置下的这家大隆机器厂。

三年前，他算是正式退休了，让三十五岁的长子严庆祥做了严氏家族的当家人。眼下寇情汹汹，日本人打上门来，资委会的官员也一次次地动员他们内迁，“光裕公司”（下辖大隆、苏纶和仁德纱厂）何去何从，该是做出一个决断的时候了。

对于生长于买办之家的严裕棠来说，他一生的事业也是从与洋人打交道开始的。十九岁那年，他在叔父的介绍下进老公茂洋行当学徒，后任洋行主皮尔斯的私人助理，很快就熟悉了洋行所有的业务，有时大班不在，他也能应酬得体，独当一面。在洋行干了两年，他以债权人身份入公兴铁厂当跑街。这家厂的主要业务是修理小火轮、纺织机等，还承担打铁翻砂业务。他凭借一口流利的英语，揽到了许多大订单。他那时常说的一句话是：“接别人不愿接的活，做别

① 陆润庠（1841—1915），字凤石，号云洒、固叟，元和（今江苏苏州）人。同治十三年（1874年）状元，历任国子监祭酒、山东学政。以母疾归苏州，总办苏州商务，创办苏纶纱厂和苏经丝厂。

人做不了的活。”父亲严介廷见他跑街做得得心应手，就与亲家钱心如、铁匠褚阿土合股开办大隆机器厂，让儿子自立门户。

这三十年虽然迭经商海风波，严家的事业基本上还是发展得顺风顺水。当初从合伙人褚阿土手上买断股份，大隆转为独资企业时，他欠下许多债，年三十晚上还要躲到一家茶楼避债。正是那个糟糕的晚上，他结识了和他同样外出避债的荣宗敬。这次邂逅给了他一个难得的商机。一战后，民族纺织业大量复苏，他与荣宗敬在这个晚上结下的友情使他近水楼台先得月，自此，大隆厂从以外轮修配业务为主转向了纺织机件的修配生意，荣氏兄弟申新厂的纺织机器修配业务也几乎都交给了大隆厂来做。

严裕棠一生的梦想是建立技术先进且自主独立的一流机器制造企业。从杨树浦太和街梅家弄的两间平房，到平凉路的十二间铁皮木板厂房，再到如今苏州河边西光复路（今光复西路上海造币博物馆隔壁）上大型的现代化大厂区，大隆厂在近二十年里走过的历程，亦如同这个东方都市的工业化进程，一往无前。回想一生事业，严裕棠最自豪的时刻是1925年春天，严家全面接办了连年亏损的苏州苏纶纱厂，这家红极一时的工厂，系由曾官至工部尚书、东阁大学士的苏州人陆润庠创办，那时正陷入债务危机。严裕棠盘下这家厂，更名苏纶洽记纱厂，后来又增设了苏纶二厂和一个织布厂。

这也是严家企业“棉铁联营”策略初战告捷。当然机器制造仍是大宗主业，就像他大儿子严庆祥所说，苏纶纱厂“无论工务方面、人才方面，均不能不依靠于大隆，如机器之修理添补等如无大隆绝不如是方便，人才非大隆积久训导，决无如是之适用”。

8月中旬的一天，严裕棠在西光复路的大隆铁厂召开了一次家族会议，严家六个儿子都到了。至于为什么不是在愚园路的严家老宅开这个会，为人严谨的严裕棠自有其考虑，他们要讨论的是工厂存亡大事，无关人等概不得与闻。

这几日，眼见得苏州河上都是各厂拆卸过河的机器，大隆厂却一直按兵不动，严庆祥心忧如焚。作为严家长子，父亲指定的继承人，严庆祥还是澄衷中学一个高中生时就辍学代管厂务，又拜英国机械专家端纳、法兰克林学习机器制造，二十一岁出任大隆厂厂长，这些年严氏家族企业的扩张都有他的参与和主导，父子从来都是一体的，但这一次，他明显觉得有些跟不上老爷子的思路了。月初成立的上海工厂迁移委员会，严裕棠是委员之一，按理说，大隆厂该响应政府号召积极内迁才是。父亲一直拖延至今，到底是做何打算？

严庆祥认为，父亲一向是赏识他的，不然也不会在三年前宣布退休，指定让他出面掌管严氏家族企业。他其实很爱读书，不想这么早进入商海。十七岁那年，父亲出差两月，命他暂摄工厂一应事务，回来后，见他兴利除弊，自建一套管理体系，大为讶异，遂令他辍学就业，接手企业。外人恭维严裕棠虎父无犬子，而他一想起这节，心里总有不甘。

严裕棠认为，严家一直是吃洋饭的，上一辈做洋行的买办，他自己也是买办出身，眼下日本人打进来，还是洋人靠得住。

严庆祥请父亲考虑清楚再做决定，但他刚提出自己的想法，六弟严庆龄就明确表示，同意父亲的决定，暂不内迁。严庆龄前些年留德学习机械，回国后接任大隆机器厂厂长，他算了一笔账，目前大隆发展势头是历年来最好的，资本总额为法币 50 万元，各种工作母机五百余台，工人多达一千三百多人，仅去年就获纯利 20 余万元，内迁的话，一切归零重新开始，而若搬入租界，工厂生产可不停顿，祖宗的基业尚能守住。

严裕棠说，其实不只是上海的一些大工厂，外地的不少工厂也在想方设法往租界搬，比如机器业，有常州的永生、实业、新华和无锡的俞宝、昌衡等十余家；染织业有常熟的茂成、辛丰豫和江阴的慎源等七八家；纺织业，常州的大成、青岛的华新和无锡的广勤、庆丰等等，也都在租界或买地，或租了厂房。大隆厂搬到租界去，也不算出格。众子皆唯唯。

接下来的问题是怎么向政府那边交代。大隆厂作为上海机器业中屈指可数的几家大厂之一，又作为迁委会成员单位，如果公开表示不迁，定会受到同行和社会舆论责难，所以表面上还是要赞成内迁，以应付一时。最后议定，由严庆祥跟林继庸接洽，一些不太重要的机件继续以大隆机器厂和苏纶纺织厂的名义申请内迁，贵重的机件材料则悄悄运进租界，寄存在江西路禅臣洋行的仓库里，静观其变。

"'一·二八'时，大隆厂停工不到半个月，机器又开动了，这一次肯定也不会太久的。"严裕棠说。

严庆祥想的是，搬到租界去，真的进了保险箱吗？

到10月中旬，战事对中方愈发不利，领到迁移补助费的大隆厂才把一批价值25万元的次要机件，分五批共十八艘船运抵苏州，存放在苏纶纺织厂仓库。奇怪的是这五批船只有押运人员，没有一个内迁工人。所有的技术工人全被严裕棠转移进了租界。此后大隆厂便终止内迁，对外的托词是"无船西上"。

嗣后，日军占领上海，原大隆厂被占，改名内外铁厂，转为日军的军工厂。严裕棠藏匿在江苏路、诸安浜路的部分机器设备，以美商泰利的名义办了泰利机器厂。[①] 存放于苏纶纱厂仓库的机器在 1937 年 11 月 11 日的一次轰炸中悉数被毁。

再过一周，日军侵占苏纶纱厂，工厂成了兵营，车间成了养马场，车间里到处堆积着臭气冲天的军马粪便，足有一尺高。

27. 黑色的房子迎风而立

尽管头顶骄阳如火，一想到五年前商务印书馆被炸的惨烈景象，王云五还是会感到一股寒意从脚底升起。

是年四十九岁的王云五是老上海人，论家世不过小商人家庭出身，半世为人，蹭蹬教育界和书业，也没蓄下多少私产，就算日本人的炸弹真扔到了头上，也没有多少家业可以

① 抗战胜利后，内外铁厂（原大隆厂）作为敌产被国民政府经济部没收，改名上海机器一厂。1947 年 9 月，严家以 600 根金条赎回原大隆厂。1949 年后，严裕棠等人离沪去香港，后转到台湾开厂经营，其子严庆祥留守上海大隆厂。1954 年，大隆厂和泰利厂实行公私合营，改名为公私合营大隆机器厂，下设一厂（原大隆厂）、二厂（原泰利厂）。

牵挂。但作为时下中国最重要的出版机构商务印书馆的当家人，他的身后有着在上海的三千七百多名员工、三百多人的编译团队和一个拥有一流印刷设备的巨无霸型出版企业，他不能不为这些人的生计，不为这个庞大的出版机构的未来着想。

五年前那个黑暗的冬天，日本人的飞机丧心病狂地对闸北非军事区的商务印书馆总厂实施定点轰炸，大型燃烧弹把宝山路上的商务总管理处、编译所、四个印刷厂和仓库烧成了黑窟窿。许多个日子后，那些烟燎火烧的废墟他都是绕着道走的。他总觉得那些黑色的房子还迎风立着，在向他述说着转眼消失的中国出版业最好的年头。

那次大轰炸，再加上嗣后日本浪人趁乱潜入东方图书馆纵火，把五层大楼烧成空壳，商务印书馆的累计资产损失在1 600万元以上。令他最为痛惜的是，十多年苦心经营的全部藏书化为了灰烬。

他算盘一样精确的脑袋里清楚地记着，这其中包括他和张元济、高凤池等前辈辛苦搜罗来的700多种、共35 000多册古籍，2 600多种、共25 000册各地方志，有不少还是宋元善本。

在他看来，商务印书馆被炸和咸丰年间的火烧圆明园一样，都是异族人在中国土地上制造的最令人痛心的文明悲剧。日本人为什么要把号称东亚第一的图书馆一夜之间抹去，让价值连城的善本孤本图书绝迹人寰？他们就这么仇恨文明？

直到他后来看到报界披露日军海军陆战队司令盐泽幸一的一番话，才明白日本人之所以要炸毁商务印书馆，真的不只是要让你亡国，还要让你亡天下。

“烧毁闸北几条街，一年半年就可恢复。只有把商务印书馆这个中国最重要的文化机关焚毁了，它则永远不能恢复。”盐泽幸一说。

亡国与亡天下，明亡清兴时顾亭林的这番论辩王云五是熟知的，中国历史上的所谓亡国不过是王朝兴替，亡天下，那是整个文化的覆灭。但他依然相信，仇恨和武力拯救不了国家，只有知识才能让这个国家的民众真正认识自己，进而提振民气，改造国家，就像许多年前他访美考察出版业，《纽约时报》报道他的题目所说，作为一个出版商他要做的是“为苦难的中国，提供书本，而非子弹”。

1932 年 1 月的大轰炸，虽则总厂被毁，所幸位于天通庵路的第五印刷所的很多机器和物资未遭殃及，商务员工冒着枪林弹雨都抢运了出来，商务各地的分支馆和北平、香港的分厂仍在运营。只要人还在，机器尚存，他相信商务还有翻身的机会，就在大轰炸当晚的1月29日，他写道：“敌人把我打倒，我不力图再起，这是一个怯弱者……一倒便不会翻身，适足以暴露民族的弱点，自命为文化事业的机构尚且如此，更足为民族之耻。”

终其一生，王云五都是一个杂家。时人把他对书业的巨大贡献概括为“四百万”——“四”是他发明的四角号码检字法，“百”是百科全书，“万”是“万有文库”。

他有着一颗令人称异的百科全书式的脑袋。他常说自己是小学徒出身，受正式教育不过五年，倒也不是自谦。的确，他的知识结构基本上都来自十七岁那年自学《大不列颠百科全书》。那时，他还在英国人办的一家书馆业余学习英语，按揭买了一套大百科全书，等到三年后付清书款，他已把全书通读一遍。

他的成功就像一个符号，象征了一个社会底层人通过自我学习在事业和道德上可以达到的高度。胡适之博士推荐他担任商务的编译所所长，称道“此人学问道德在今日可谓无双之选”，也正是看中他惊人的学习天赋。这个人只要学什么，就能像什么，成什么。

大轰炸发生前，商务经营数年的“万有文库”正值出版的关键时刻。出版狂人王云五网罗了当时各界的大批英才，他们或撰写或编译的一批著作正成为各个学科的经典。他有个宏大的计划，以已出版的两集 1 700 多种书籍为基石构筑起整个国民教育的大致框架。同时，以罗素的名著《社会改造原理》为发端的“公民丛书”的出版工程，也已在他力主下启动。当时坊间有言，全国一年出书总量，一半是在商务。

该死的日本人，把他的计划全打乱了。

留得青山在，总还有翻身和雪耻的机会。1932 年那个灾难性的冬天，日军飞机对商务印书馆总厂的轰炸硝烟尚未散尽，正式履职总经理还不满两年的他就做出一个决定，马上发给每名职工 10 元救济金，至少解决两到三天的食宿。尔后，他又做出一个称得上壮士断腕的决定，他提请董事会商议他的解决方案，立即解散全体职工让他们回家，把商务的所有存款拿出来，还清职工的欠款并依法支付解雇金。这一做法挽救了濒临破产的商务印书馆，却使他很长时间都背上了骂名，但他相信商务的员工们挨过了这阵仍会回来。

当时租界内的所有银行都已闭门停业，为了让近四千名职工能在当天领到这笔钱，他记得，他走的是中国银行特别提款的通道。去银行提款的两位助手出发时，他还特意嘱咐，不要声张，从银行的后门进去。

28. 王云五的三步棋

8月10日，上海各出版机构和书店经理接到教育部紧急通知，要他们去南京开会，商议“印刷业之迁移”。

会上，教育部官员称，战争已无可避免，要各店尽快把机器和重要物资搬离上海，政府已于武汉安排好了设厂地点，还拨定了内迁的运输工具，要大家立即回上海动手搬迁。至于内迁所需款项，教育部官员只字未提。

当时王云五在庐山，加之“七七事变”后商务印书馆对在内地购地、设厂事已提前安排，故未派代表去南京开会。此时的商务已渐渐恢复元气，主要资产和生产所在地，一部分在租界东区的杨树浦，小部分在闸北的原总厂重建位置，除此之外，在北平有一所名为京华印书局的印刷厂，在香港还有一相当规模的工厂。卢沟桥战事一起，王云五判断，“以我国军事的配备应付蓄志侵略的日本，沿海各地终究是不易保守的”，北方的京华印书局更容易陷入敌手。为维持出版在战时对于国家文化的接续，最后须在内地设厂，过渡时期可利用香港，而抢救物资的暂时地点当是公共租界的中区。当时的第一个应对办法，就是在长沙购地，并把一部分厂子迁过去。

王云五从庐山急电上海，把部分印刷机器及纸张运赴长沙。返抵上海，即在商务印书馆内部紧急动员，把杨树浦和闸北工厂的机器和杨树浦货栈所存的书籍纸张立即向租界中区迁移，并以最快速度在公共租界中区和法租界租借临时厂屋和栈房，紧急开工代印财政部发行的救国公债。这时离“八一三”之战打响已经不远。

跟那些把租界视作唯一一根救命稻草的工厂主不同，王云五觉得真打起来，上海首当其冲，租界也不一定能靠得住。“纵使公共租界托英美人之庇，暂可苟安，然商务印书馆那时候在闸北和租界东区工作的职工多至一千一百余人，对于因此失其工作场所之职工将如何应付？”①

如果纯从商务印书馆自身利害角度出发，这些员工当然是给资遣散，将来有需要时，再让他们回来。但为情谊计，

① 王云五：《八年苦斗的前期》，《岫庐八十自述节录本》，上海人民出版社，2007年，第116页。

这千余职工都在商务服务多年，且曾于“一·二八”后致力商务复兴，加以遣散，终心有不忍。王云五思量再三，还是情字为先，回到上海当天，他与董事会主席张元济商量，将来万一战事波及上海，决定行三步棋应对，以维持全体职工生计：

“第一步对于因战事而停工者各给维持费；第二步在租界中区赶设临时工场，尽量安插停工者，并扩充原有之香港工厂，尽量将停工者移调；第三步在内地分设若干工厂，将上海临时工场与香港工厂之职工陆续移调内地。”

张元济同意了。王云五以为这是唯一正当的办法了，工人们当能接受他的善意，却不想日后事与愿违。

10月初，那时上海的战事已呈胶着状态，王云五从上海坐船前往香港，把上海的主要机件移充至香港分厂，同时他还带去了二百六十五名熟练技术工人。他的计划是，一待内地的工厂建好，这些带到香港的工人就可以经粤汉铁路或越南的法国殖民地进入内地。

他到香港没停留多久，就乘飞机至汉口，转赴长沙。新购土地建厂房已来不及，就在当地租了厂房，这时战前启运的机器也已运抵，又收购了数千令外国白报纸，一待工人就位就可开工，却没想到第一批移调内地的工人，费了不少唇舌，才肯动身，等到后来长沙经了几次空袭后，大家都以上海租界和香港为安全，更不肯接受移调。王云五原本计划把商务的总管理处也迁到长沙，以长沙为出版重心，这个结果是他没想到的。

其后随着战事发展，长沙受日军威胁，情势紧张，他不得不放弃这一计划，把搬到长沙的重要机件迁到重庆，打算在重庆、昆明、桂林、赣县、西安各设一些工厂。那次搬迁来不及迁出的机器，后来在长沙的大火中全都被焚毁了。

且说那些去南京教育部开了会回到上海的书店经理，尽管教育部官员只是例行公事，说过就算，对上海印刷业的内迁既无准备，态度也不积极，这些经理却十分认真，一回到上海就自发召集了两次会议，商讨内迁办法。眼下已是8月，要是不设法内迁尽快开工，各省明年春季要用的教科书就指望不上了，学生们的教学都会受到影响。别的都好说，学生可是国家的未来啊。

林继庸两次会都去参加了。书店经理们要求监委会参照机械五金行业的标准给予内迁补贴。林继庸不敢做主，向钱昌照请示：

“纸张原料的数量甚巨，应如何补贴或津贴若干成。沪上银行提款只能划汇，各厂家所发之支票不能付给运费，此亦是实在困难情形。迁移经费由职处之56万元项内拨借则可，若尽由此支出，则恐将来超出预算。”[①]

钱昌照接电，立即把印刷业的内迁预算纳入新提案，请行政院拨款。但上海的印刷工厂已经等不住了，钱还没到，他们就已在准备雇船装运。林继庸见教育部迟迟不管这桩事，只得要求钱昌照，要他设法转请教育部迅速派员来沪主持。

9月10日，教育部总算派督学梁明致为代表到上海，与监委会商量制订印刷业的内迁经费预算。

第二天，印刷业开会，决定凡是内迁机器，补助办法与机器业相同，纸张与急用的教科书则津贴半费运至镇江为止。林继庸认为这一要求可以接受，梁明致则支吾其词，不肯表态，致使会议没有结果。经理们质问教育部为什么不出钱，梁明致则以行政院批示中的一句“关于印刷业之迁移，由教育部参加监督”为由搪塞其责，说上级只说让教育部监督，没说让教育部出钱。

接下来的几天，梁代表仍与监委会意见不合，气得林继庸向上司告状：“文化出版界已有多家着手迁移，教育部代表噤若寒蝉，既无主意，又不肯负责。职现与各家略拟预

① 《上海工厂迁移监督委员会林继庸关于在沪办理工厂迁移历次工作报告》“第4号报告”(1937年9月1日),《国民政府抗战时期厂企内迁档案选辑(上)》，第105页。

算，今午可制就，约需五万元。如商务、新闻报等本有余力，可不用补助，如开明则厂已被毁，中国铅笔厂、中国科学仪器公司及其余小厂则不能不加以援助。……教育部所取措施，此间殊有责备之批评。”[①]

钱昌照接受林继庸建议，于9月20日新拟“上海工厂迁移内地扩充范围请增经费案”，把文化印刷业、造船业、四家天字号化工业列为三种亟需搬迁的工厂，特意注明对内迁印刷业建议补助5万元。

行政院做了批转，待到9月27日这一提案获准通过，落款盖章已不是资源委员会，而是取代这一机构的“工矿调整委员会”了。

林继庸对上海出版界最大的功劳，是帮助他们抢运出了五百吨教科书用纸，他在晚年访谈中回忆：

“……我与他们开会讨论两次，预料明年春季始业后方各省将感觉教科书缺乏，他们却自动的着急起来，商务王云五先生尤为热心，我乃在极端困难中，抽出吨位，迅将商务、中华、正中、开明、大东等书局的中小学教科书五百吨先行运出。随即将印刷厂多家及中国铅笔厂的机件物料先行

① 《上海工厂迁移监督委员会林继庸关于在沪办理工厂迁移历次工作报告》“第10号报告”（1937年9月15日），《国民政府抗战时期厂企内迁档案选辑（上）》，第112页。

迁出。九月中旬教育部代表梁明致君曾到沪一行，我乃与梁君共同拟具协助文化工业迁移费用预算，电京请求追认。在抗战初期，大后方的青年学子就靠这五百吨教科书，才有书可读，学业不至于中断。等到这五百吨教科书用完，内迁的工厂已次第开工生产，教科书已不虞匮乏了。”[①]

与王云五的未雨绸缪适成对照的，是开明书店在这次内迁中的暧昧态度。当上海战云密布，迁委会的人一次次动员迁厂的时候，开明的负责人章锡琛以为上海的战事一向短暂，况且开明总店地处梧州路，本属租界范围，不致有多大危险。

当林继庸问起开明的这位当家人该做些什么应变准备时，该当家人支支吾吾说：国家到了最危险的时候，我们这点小小的事业算得了什么呀。由于他们什么准备都没做，“八一三”战事一起，开明总店和美成印刷厂被日军炮火炸毁，损失占到了全部资产的八成以上。悔之已晚，章锡琛只得默默吞下这枚苦果。

不得已，开明只得匆忙内迁。但这时已过了迁厂最佳当口，整个上海战区的工厂和居民都在忙着搬场，开明没有汽车，靠临时雇用大车，一天也搬不了多少。最后他们总算搞

① 张朋园、林泉：《林继庸先生访问纪录》，第 41 页。

到了两条船，第一批装载纸型、书籍和纸张，由职员许志行押船，于10月7日开出，到镇江换装英商轮船运往汉口。在一个叫奔牛的地方，他们遭到日机轰炸，幸运地逃过一难。第二批装运的是向美华印书馆借的几部机器，另有纸型、书稿、纸张、油墨等，船刚刚开动，就被日军截住了。

南京沦陷后，武汉岌岌可危，1938年1月30日，开明雇了一条帆船，章锡琛亲自押船，把运抵汉口的二十五吨纸张等物资运往重庆。他在重庆设立了编译所，准备以大西南为基地东山再起。

29. 钢铁大王的抗战第一年

对是年四十一岁的余名钰来说，1937年之前的三年，是他一生事业的黄金时期。1936年底，经过一番激烈争夺，大鑫钢铁公司刚刚拿到了铁道部一千辆自制新车铸钢材料的大订单。

签约仪式上，新任铁道部部长张公权握着他的手，夸他“国之栋梁”。这一宗大订单，也为蓬勃发展中的大鑫厂注入了新鲜血液，他完全有理由相信，只需稍假以时日，大鑫钢铁势将冲出上海，稳坐全国钢铁业的头一二把交椅。

1937 年是他从事钢铁业以来最坏的一个年头，但不久他会发现，和以后几年比起来，这一年还算是好的。

余名钰是浙江宁波镇海人，来自一个叫大市堰的江南小镇。他的行事做派，有着宁波人特有的耿直，不喜走捷径。当年他从加利福尼亚大学毕业后实习，一般人实习总喜欢挑选大工厂，一则开眼界，二则有面子，但他认为中国只能学外国中小规模工厂的经营办法，不能一蹴而就学美国大企业的办法。于是挑选了一个规模虽小却一切具备的小工厂，这个厂一半经营煤气，一半炼冶锡锰，他在这个工厂学到了一套卓有成效的管理技术。

回国后，他一直主张发展好中国自身的冶炼业，不能依靠舶来品。他先后担任过黑龙江观都金矿工程主任、云南东大铜矿协理兼总工程师，后来进入高校，做过云南大学化学系主任教授兼省府交通司司长，后来还担任过浙江省丽水县的一任县长。

位于杨树浦齐物浦路（今江浦路）的大鑫钢铁厂是余名钰一生事业的真正起点。尽管他从美国留学回来后辗转多职，历任工程师、政府顾问、大学教授、县长，他真正的志趣还是在实业方面。余名钰认为，中国的钢铁器材全部依仗舶来品，是国家的损失，也潜伏着大危机，如果能有一个小型炼钢厂，则合金钢料都可以自己制造，而此项设备所费并不多。

于是在1933年秋，他募集了部分资本，和姻亲方文年（镇海柏墅方家人）合作，在杨树浦齐物浦路创办了大鑫钢铁厂。由他任总经理，方氏之子方子重任厂长。余名钰行事细致，办厂之初从机器设计到购置装配、技工训练，事无巨细，一概躬亲，付出的辛劳自不必多言。

他研制出了国内第一台炼钢电弧炉，应用了当时世界最先进的电炉炼钢技术。他写下的两本专著《贝氏炉炼钢》《铸铁》，使他成为国内冶炼业的权威。大鑫钢铁厂生产的小钢锭、铸钢、铸铁、马口铁和各种合金钢铁原料及精美机器，深得时人称许，当时上海的各家造船厂（江南、瑞镕、耶松、合兴）和公共租界工部局、英商公共汽车公司、自来水厂、美商电力公司、法商水电厂、亚细亚修理厂，都向大鑫购买钢材。沪杭、津浦、陇海、粤汉各路所需的机件材料，多数也由大鑫供给。

“一·二八”后缔结的脆弱和平，使上海的工商业迎来了短暂的繁荣，在两次战争中间这一波发展中，借着铁路建设的推进，余名钰的钢铁生意蒸蒸日上。到1936年，大鑫厂的年营收已达到 100 万元。

越来越紧张的时局反而让他的钢铁生意好了起来，大鑫厂的技术和熟练工人完全具备军工生产条件，他们早早就与国防部挂上了钩，为辎重部队提供机械化车船配件，还为兵工署上海炼钢厂生产弹药钢壳。

上海的工厂主里，余名钰称得上是具有远见卓识的一个。对于工厂内迁和中国工业的远景，这位民族企业家比许多人都要看得分明。

华北事变尚未发生时，他已经动议在南京浦口开设新厂，与龙潭水泥厂及公大机器厂等合作，将大鑫钢铁厂部分炼钢设备迁移至南京浦口之间。依照他的最初设想，一旦战事发生，沪厂被毁，这些厂还能继续生产。他找了一些企业家朋友在无锡商谈，未料还没谈出个结果，“卢沟桥事变”就发生了，此一计划遂告终止。

他恐日军由北向南，上海将为“第二策动地”，事变后一周，他就呈文请求政府将工厂内迁。但不知是公文流转环节出了问题，还是行政院的老爷们办事拖沓，直到战事爆发，他还没有接到同意内迁的命令。

“此时仆仆京沪间，不独政府资助之迁厂费十万元未曾领得，即铁道部货款三十余万，也因时局剧变无法领得，于是提前迁移遂成泡影。”他写下一封呈送最高当局的信，托回京复命的林继庸转交，信中字字包含共赴国难之情，大意说，我国工业落后，无相当之炼钢厂，一旦大战开始，后方对于运输机件之修理与补充必定会大感不足，“寇深时危”，迁厂已迫在眉睫！

大鑫厂有一个分厂在齐物浦路，距黄兴路炮兵阵地不及半里，8 月 14 日，中日军队交火升级，位于路北的厂办公室及路南的机厂房屋全毁于炮火之下。这时，迁委会正紧急动员浦西的工厂将机件设备拆卸至租界或苏州河南岸，以备下一步转运，大鑫厂也分得了部分迁厂费，但为时已晚，虹口一带已被日军占领，交通断绝，厂内资产无法抢运出去。

日军也加紧了对余名钰的勒逼，威胁若不接受“中日提携”，就要把工厂划为军事占领区，予以没收。不得已，余名钰想到一个办法，他一面运用租界法律手续，假借买卖方式，把大鑫厂留存资产全部转与德商孔士德，并设法倒填年月，向德驻上海领事馆登记，由德国领事馆以保护德人财产为由，向日本军方申请赔偿损失；一面又分秒必争，紧急拆卸厂内设备，雇用白俄和印度人，由孔士德带着，把炼钢器材分批运到法租界。但因日军有大型机件不准移动的规定，一些重要设备虽经拆卸也未能运出。

8 月 20 日，铁道部的一笔货款到账了，余名钰又派员设法收购沪东及南京各厂所搬存于法租界的工作机、鼓风机等，向各铁行收购废钢旧铁，添购马达，贮足炼钢原料和配剂，战争才刚刚开始，他已经预料到，物资将会越来越匮乏。

当搬迁计划进行时，余名钰病倒了。“当时又适患盲肠炎，卧病西摩路 10 号，同人与全体学生则集居德租界西依斯路 525 号，早晚前来探问，工作在慌乱情况之下，竟仍于短期间完成任务，充分表现精诚团结及勇敢耐劳之精神，足以预见迁厂后之必有成效矣！”

他预见到了西迁途中将会遭遇的危难，但更对未来有着一份信心。当全厂被占，抢运无路之际，受托保管资产的孔士德劝他往南洋暂避，或留沪徐图规复，余名钰“自念抗战关系国家存亡，吾人不容置身事外，坐视民族之沦亡”，表示一定与厂共进退，到后方去。“孔君遂亦谅解，且奋勇前进，多次冒险冲越虹口敌人警卫抢救物资，其义侠精神有足多者。”

在写于 1946 年的自传《八年经历纪略》中，余名钰说：“吾人经半月共同努力，俟器材与人员得于八月三十日由苏州河起程绕道内迁，于九月七日达镇江转装轮运，卒于九月十六日抵达汉口。”

镇江海关的记录中，大鑫厂的物资是分三批内迁的：“第一批8月30日起运，物资260吨，装木船6条，随迁工人33名；第二批354吨，装木船5条，于9月25日运出，转迁工人150名；第三批52吨，装船2条，随迁工人10名，于10月22日起运。这最后一批两条船于11月2日抵达镇江，11月8日转装吴淞轮赴汉口。”总计大鑫厂内迁物资共666吨，随迁工人193人，为上海民营工厂随迁工人最多的一家。

但由于时间紧迫，运输困难，大鑫厂内迁的物资仍只有四分之三，留下的四分之一在上海沦陷后转到了孔士德名下，仍保留大鑫厂名义。1939年，孔士德迫于压力，把这部分物资卖给了三鑫公司的钢铁厂和日商。

30. 龙章厂错失时机

“很多日本人都是我的朋友，他们一定能帮忙的。”

8月中旬，监委会派人来通知迁厂时，龙章造纸厂常务董事傅筱庵这样答复他们。

傅筱庵横跨政商两界，在上海滩经营数十年，投资的产业遍及五金、船运、面粉、银行、房地产等行业，龙章只是他参与控股的一家大型造纸企业。

傅筱庵自称出于晚清邮传部大臣盛宣怀门下。他早年依附袁世凯及北洋系发迹，做过国务院高等顾问、财政部驻沪特派员、中国银行监理官、上海龙章造币厂和中国烟酒公卖局监督。拥有这一连串显赫的头衔，他自然很看不起大革命时期崛起于南方的军事领袖蒋介石。北伐军进入上海前，他与另一个宁波籍大佬虞洽卿斗法取胜，刚刚当上上海总商会会长，行事乖巧的傅筱庵立刻投桃报李，站到了曾助他一臂之力的五省联军司令孙传芳这边，又是助饷，又是调用招商局轮船帮孙部运兵运弹药（他还兼着招商局总经理）。

但那一回他失算了。孙传芳纠集的乌合之众根本不是蒋介石的对手，抵挡一阵就仓皇北顾。南军入城，傅筱庵遭到通缉，后来逃到大连，托庇于日本人，做了三年寓公，直到“九一八”前夕通缉令撤销，他才重返上海，复任中国通商银行总经理、美国钞票公司买办。

因了这三年东躲西藏的经历，他对国民政府和蒋介石本人可说有着啮齿之恨，对于工厂内迁打心底里抵制。其实说起来他们还是宁波老乡呢，傅筱庵的出生地镇海县城关镇与蒋介石的老家奉化县，相去不过五十里地，与另一个对手虞洽卿的老家龙山镇，也只隔着几道山梁子。

龙章厂是全国造纸业中有数的大厂之一，资委会盯得很紧，林继庸和监委会一道道地催，但因为傅筱庵扛在那里，董事会对于内迁一直形不成统一意见。总经理庞赞臣一力主张迁厂，却应者寥寥。董事会上，庞赞臣与傅筱庵大声争论，气得拍了桌子，把候在走廊里的记者都惊动了。一些不想两边得罪的董事就此借故离场。记者如实写道："董事会意见不一，而且厂里的工作人员也走散了。"①

庞赞臣，名元浩，来自名动一时的"南浔四象"之一的庞家。想当年，庞家第一代庞云镨以丝绸起家沪上，累资百万，复开办丝厂、印染厂、电灯公司等实业，在上海、湖州、苏州等地攒下大片产业。庞赞臣是光绪三十一年（1905 年）的秀才，庞氏第二代中，除了他，还有庞元济（字莱臣）、庞元澄（字青臣，后改青城），也都是一时之选。龙章厂是庞家于光绪三十年（1904 年）筹创于上海，当时 36 万元开办经费，含官股 8 万余元。作为庞氏实业的代理人，庞赞臣同时担任

① 《新华日报》，1940 年 5 月 20 日。

着上海龙华镇龙章造纸厂、德清塘栖镇大纶缫丝厂的总经理。

庞家与官府一向走动颇勤，赞襄民国有功的张静江，是庞赞臣的外甥，所以张静江主政浙江时，庞赞臣一度还是张静江的财务顾问，兼任浙江省政府首席参事，成为张静江智囊团成员之一。

林继庸来上海后，多次找庞赞臣磋商，得到了同意迁厂的保证，却没想到傅筱庵会从中作梗。龙章这时已由家族企业转为股份制，按常理，常务董事有否决权。傅存心作对，他们也无可奈何。他们怀疑傅与日本人早有勾结，却又苦于找不到证据。

随着上海战事趋于激烈，监委会也向傅筱庵放了狠话，不迁厂就以汉奸论处，过了限期再不拆迁，就将工厂炸毁。政府既以大义切责，傅筱庵也不得不松了口，但厂子的拆运事他一概不管，全都扔给了总经理庞赞臣。

直到 10 月 21 日，龙章厂的八百吨物资才装箱完毕。那时，苏州河已不能通航，只得从南市日晖港启运。由于错过了最佳时机，许多机件未及运出，都落到了日本人手里。

傅筱庵后来公开投靠日本人，出任汪伪“上海特别市政府”的市长，被军统戴笠买通傅家老用人朱升源以菜刀砍毙，此是后话。

31. 沉船阻敌恨未销

深夜，海宁路36号的虞公馆里，电话铃声急剧响起。

军委会国防二厅来电征召三北公司的轮船，虞洽卿开始还以为是去运输兵员和弹药，毫不犹豫就答应了，却没想到是要他配合军方实施“关门打狗”的作战计划，在长江某段河道凿船塞江，以达到陆战打响前歼灭日第三舰队之目的。

三北公司的这些家底，是他二十多年里一点一点挣下的，一想到这些开出去的船再也不能回来了，这位七十岁的老人沉默了。

被同乡惯称作“三北阿德哥”的虞洽卿（名和德，字以行）是同治六年（1867年）五月生人，到1937年7月，正好满七十岁，也是他习贾于海上的第五十五个年头。

他是浙江镇海龙山镇人，浙人做寿，逢九不逢十，俗称整寿。1936年7月，旅沪宁波同乡会已经为他庆过生了。当其时，七八百个社会名流出席了他的寿辰庆典，彩棚和花篮阻塞了整条劳合路（今六合路），可谓盛况空前。坊间争传的，却是国民政府主席林森亲笔题写的“茀禄眉寿”四字横幅和同乡会职员所送一座六尺高的奶油蛋糕。本埠报纸接连数日连篇累牍报道他从清末的预备立宪到上海光复、赞襄护法战争和北伐战争的丰功伟绩，对他驰骋商海多年创办四明银行、三北公司，开办证券物品交易所乃至修路造桥办医院的义举更是歌颂佩之，称他为“先知”“先觉”。用好友王晓籁不无吹捧的话来说，他是上海这座城市自开埠以来不世出的英雄，“洽老对于上海是时势造英雄，亦是英雄造时世”。至是年 10 月，西藏路改名虞洽卿路并举行盛大庆典仪式，整个庆寿活动到达最高潮。

先前虞洽卿与另一个镇海籍的大佬傅筱庵争上海总商会会长，再到后来北伐军入城与军队合作，王晓籁都是他的跟班。人称“马路政治家”的王晓籁来自盛产强盗和戏子的嵊县，说话也带绿林气，那日王晓籁的生日祝词，有一段话讲到虞氏航运业之发达，“只求事业发达，不管铜钱多少，今者其轮船日见增多，有如本人子女之繁殖”，虽则引起满堂大笑，却也搔着了此公的痒处。

的确，虞氏一生事业，横跨银行、证券、房地产、商会、慈善，其核心，却是航运。

作为本市航业公会领袖，虞洽卿在1908年就创办了宁绍轮船公司，与招商局和英资太古轮船公司在甬沪线展开竞争。一战后外轮纷纷征调回国，“宁绍”轮、“新宁绍”轮、“甬兴”轮几乎独占甬沪线，为他掘到了从事航运业的第一桶金。其间，虞洽卿又创办三北轮埠公司，并购英资鸿安轮船公司，将航线扩展到长江、南北沿海及海参崴、新加坡、西贡、仰光、南洋群岛和日本，还拥有了自己的造船厂。凭着雄厚实力，虞洽卿顺理成章成为上海航业公会主席兼中国轮船业同业公会执委。到1935年，虞氏的三北公司已成为国内最具实力的航运集团，拥有大小轮船六十五艘，计九万余吨位，占到国内轮船总吨位的13%，华商航运业界，唯有四川卢作孚的民生公司可以抗衡。

虞洽卿在上海发迹之初，是一个经常跳槽的洋行买办。1905年上海发生大闹会审公堂案，虞氏和朱葆三、周金箴等一帮绅商与租界当局交涉，争得华商利益，又挨家挨户劝告开市，遂得闻名于沪上各界。事后，他仿效外人在沪的武装团体，发起筹组“万国商团华人队”，并于次年以随员身份参加官方代表团，赴日观操，考察商务。

说起那次考察，即著名的五大臣赴东西洋考察宪政，第一路由戴鸿慈和端方带队，虞洽卿参加的是由载泽、尚其亨带领的第二路。那次他在日本停留了三十天，重点考察了银行业，还结识了明治维新时期的重要人物大隈重信、涩泽荣一等人。虞氏在政商两界的快速崛起也引起了日本方面的注意，把他列入“最新官绅录”予以重点关注，日本人从自身商业利益角度出发说：“（虞和德）是没有一定信仰和操守的。辛亥革命以来，他时而接纳民党，时而迎合袁氏，心术极狡狯……曾设立汇通公司，与中日实业公司对抗。民国四年日本与中国发生交涉后，他迎合袁氏之意，组织救国储金团，鼓动反日情绪，但那是从自己的商业策略出发的。”[①]其时的长江航线上，日本人的日清公司把三北公司列为最大的敌手。

终其一生，虞洽卿去过三次日本，最后一次是1926年。当时他是以上海总商会会长的身份带了一个五十人大团，去大阪参加日本商会联合会与外务省共同举行的电器博览会。出于对日人一贯的不信任，他对日本政府高调宣扬的“中日亲善”颇不以为然。曾对着报界当众回应说：这个口号叫喊了几十年，特别是代表团抵日后，更是每天每地都可闻及，但这种口号不是挂在嘴上的，应当落实于行动，从东南亚及世界和平前途看，我们对日本政府所作所为及鼓吹这一口号

① 聂宝璋、朱荫贵编：《中国近代航运史资料（第二辑）》下册，中国社会科学出版社，2002年，第1173页。

的诚意是抱有怀疑的，如果你们真的有诚意中日亲善，那就应当有具体的行动和打算，能否在这次考察参观中给我们一个说法，我们好把这消息带回去以告国人。

出于朴素的民族主义热情，虞洽卿对日本一向保持着极高的警惕性，从不抱任何幻想。“九一八事变”后，他就在上海牵头成立反日援侨委员会，通电各省商会与日经济绝交。“一·二八”淞沪抗战后，还参与了废止内战大同盟的成立，发动各界为抗战募捐。那一次，虞氏领导的上海商业联合会（这是他在上海总商会会长竞选中败于傅筱庵后自立的另一处山头）与银行界、纱业界、面粉业界共同出资，为草创中的中国空军购置了六架霍克–2型战斗机。

在七十寿辰之前，自感体力不济的虞洽卿已经把家族的产业交给了长子顺恩和二子顺懋打理。三北轮埠公司和造船厂的业务主要由二子虞顺懋负责。他自己则把主要精力放到侍奉家亲和家乡龙山的建设上。他是个出了名的孝子，对不识字的母亲一向尊崇有加。他为她送了终，为她办了一个备极哀荣的葬礼。他在家乡的伏龙山下建了码头、自来水厂和发电厂，铺设了电报和电话设备，并造了十座桥梁和涵闸，把这些分散的片区连成一片，兴致勃勃地宣称要把那儿建成一个“小上海”，建成国民政府的样板村镇。

能够为家乡做事，在他是最大的骄傲和荣耀。如果不是战争再次爆发，他就要在这桑梓之地终老了。

“七七事变”后，上海局势一触即发，虞洽卿从龙山回到上海，把七十寿辰时各界赠送的生日礼金 4 万余元凑足 5 万元，捐给市救护会，以作伤兵救治费用。又自己出一笔钱，汪、潘两位夫人各出一笔钱，凑成 3 千元交伤兵站作购买面包用。眼看租界里每天涌入成千上万人，他还计划出动轮船去国外进购粮食，以解租界近四百万人的无米之虞。如果这些船都让军方征调去了，还怎么去买粮？

二子虞顺懋闻讯，匆忙从公司回到海宁路老宅。上海交大毕业后，父亲安排他担任三北公司副经理，他自己前些年还在石门一路开张了一个大懋公司，专营建筑业和房地产，聘请老邻居、设计师范文照设计“航运大宅”，自是比别人要忙得多。去年刚从美国密歇根大学取得经济学硕士学位的小儿子虞顺慰，英文名叫威廉，也闻讯从高乃依路（今皋兰路）住所赶了回来。

这三个儿子，是虞洽卿的三个夫人所出，年岁相差甚多，尤以长子顺恩，比二子顺懋大上整整一轮。虞顺恩陪父亲住在海宁路老宅。他接了父亲买办的班，担任荷兰银行买办，平素从银行下了班，就侍弄一屋子的紫砂壶，可说两耳不闻窗外事。一听沉船的事，什么意见也没发表，就好像这事跟他毫无关系。

虞顺懋操盘家族航运业务，平日里又有徐铸成、严宝礼等几个报界的朋友，消息渠道多。据他打探到的内部消息，前两年，军委会的确曾拟订过《长江阻塞计划草案》，因着国民政府海军力量薄弱，政府计划一旦有敌舰沿长江来袭，则在宜昌至长江口分六个区段，选择较窄江面，以水雷、铁链及沉船，锁江阻敌西上。地点选择上，以狼山水道与芜湖附近为最要，镇江及汉口一带次之。这两年，政府已做过一些江面阻塞的准备。

顺慰去年父亲大寿时刚从国外回来，一听政府有召，沉船是为阻敌，认为这是国家交给航运业的艰巨任务，年轻人的脸上漾动着急切的神色："长江水面上集结着日本海军第三舰队那么多艘舰艇，还有他们的商船，关起门来，狠狠揍他们！"但他有一个疑惑，这么长的水道沉了船，我们自己的商船岂不是也不能通行了？

顺懋解释道，每一处沉船的江面，都是有哨舰的，沉船处设有浮标，我们自己的商船通行时，哨舰都会示警，如果这段水域被日军占领，就炸掉浮标。

虞洽卿把沉船的事交给了二子顺懋。说他已垂老，到时见不得沉船的场面。同时他吩咐三个儿子，此事须高度保密，尤其对各船船工，出航前都不可使知目的地是哪里。

其时，长谷川清的第三舰队在长江口内外共计集结舰艇三十余艘，除了三艘航空母舰“凤翔”“龙骧”“加贺”在外洋，尚有巡洋舰、驱逐舰、鱼雷艇若干，已深入长江腹地。按军委会国防二厅的作战计划，拟调集大型民船及江轮百余艘，沉到长江下游最狭小处的南通至江阴一带江底，然后倒下数百万立方米的石砾，迫使下游的日军军舰无法溯江而上，上游的军舰退不出，把长江上的日本军舰及海军陆战队一举消灭。

8 月 11 日，军事委员会下达长江封锁令。当日下午 4 时，虞家老二虞顺懋率三北公司船队出航，计有“醒狮”“富阳”“姚北”“靖安”“寿昌”“永嘉”“万象”“松浦”等千吨以上的商轮八艘、趸船四艘。船溯长江西上，各船老大都不知此行任务是什么，停泊何处。

次日清晨，三北公司的船队抵达江阴长江水面最窄处长山港，与“嘉禾”“新铭”“同华”等七艘招商局的轮船和海军的数艘舰艇汇合。船员们此时才得知，他们要弃船塞江了。

是日下午 1 时许，潮平时分。随着长江防守司令陈季良在哨舰上发出沉船命令，二十余艘舰船的底舱放水门全部打开，汹涌的江水顷刻间灌满船舱。停泊在江面上的几艘军舰鸣炮致敬，虞顺懋和船员们眼中皆含着泪水。不到半小时，二十余艘舰船全部沉入江底……

就在江阴沉船的当晚，虞洽卿在上海家中接到帮会大佬杜月笙的一个电话，杜月笙宣称，他获得可靠情报，日本人即将进攻上海。若日本人从陆上进攻，有 87 师、88 师的弟兄守卫，若从黄浦江进攻，则上海危矣。两人商议，为阻敌从水道进入上海，须在董家渡一带设立一道封锁线。

虞洽卿二话没说，又调派四艘商轮，连夜开往董家渡，在黑暗中沉入江底。

除此之外，三北公司在这次战争中被毁的船还有："明兴"轮，在巫山小河处被炸沉；"凤浦"轮，在屈原沱被炸沉；"新宁兴"轮，在庙河被炸沉。再加上进川后被炸沉的"新浦"轮、"清浦"轮、"长安"轮，在整个长江干支流上，三北公司共有十八艘商轮共计三万余吨位被政府征调，用于长江阻塞计划。

但这个计划还是功亏一篑。就在江阴封江计划实施前两日，长江上的日军大小军舰、商轮突然升火起锚，满载各埠日兵、日侨急奔而下，于封江令实施前两日逃出了中国人布下的口袋。

日后侦知，泄密案的主犯系行政院机要秘书黄秋岳，他伙同其子黄晟把情报交给了汤山温泉招待所一个叫廖雅权的女服务员。这当然是个化名，她的真名叫南造云子，是个潜伏的日本间谍。1937 年 8 月，经最高军事法庭审理，黄氏父子被处极刑。日后一提起此事，率船沉江的虞顺懋兀自恨恨不已。

黄秋岳早年毕业于日本早稻田大学，因受国民政府主席林森赏识，渐居要津。他是个诗人，时人评他的诗“仪态万方”，又以室名“花随人圣庵”写掌故笔记，京中权宦、前辈名公皆跃然纸上。黄氏以不世之文才，竟成抗战开始后遭镇压的第一号汉奸，可叹佳人做贼。

三北轮埠公司的造船厂设在黄浦江边的日晖港，可以自行设计制造一千吨位以下、以内燃机为主机的客货轮。截至战争打响，除了三北公司，在上海规划较大的造船厂尚有中华、公茂、合兴、华乙、鸿翔、鸿昌、恒昌祥等七家。

“八一三”战火初起，虞顺懋将一百一十六吨机件物资从日晖港紧急启运武汉，另将造船厂的一部分机件抢运至租界。8 月中，虞顺懋想把暂放租界的这部分机件也抢运出来，于是会同大中华造船机器厂厂长杨俊生等人，向监委会提出八家造船工厂内迁申请，要求协助内迁各类机床一百余部，机械、冷作、电焊各种工具及钢板等原料五百吨，技术工人约两百名。计共需装箱补助费 6 000 元，运费 35 000 元，旅费及津贴 35 000 元。另请拨给临江土地六十亩，低息贷款 25 万元，作为建厂复工之用。

林继庸收到造船厂家联名送呈的内迁报告，有心帮他们一把，碍于船业搬迁属于交通部范围，不敢擅自做主，即向钱昌照请示：

“制船厂多厂亦欲迁移，航政局于抗战前曾接交通部命令，嘱其筹划此事，惟迄无下文，而时机一逝，不可复得，故该业来请职会代筹办法。该项工厂本属交通组范围，运费亦巨，并不列入职会预算之内。可否由职从权办理，但运费将来超出预算，如何补救，均请昭示。”①

钱昌照将此预算纳入新提案，上报行政院请求拨款，像前几次一样，行政院仍迟迟未予批复。

最后，除了三北公司见机得早，迁出了第一批一百五十吨机件物资，其他造船厂都没来得及迁出，全落入日军之

① 《林继庸 9 月 3 日电》，录自“档案”，转引自孙果达：《民族工业大迁徙：抗日战争时期民营工厂的内迁》，第 92—93 页。

手。合兴厂的机件被并入江南造船厂，为日军修造军用船只。公茂厂由日本海军管理，专修海军船只。位于齐物浦路上的中华造船厂则被日本陆军管理，专门修造枪炮及装甲车等武器。就连规模稍小的恒昌祥，机件也被日清公司搬去，在浦东陆家嘴开办了日清造船所。

上海的造船工业就这样沦为了侵略者的兵工厂。

32. 要另起炉灶了？

监委会名义上是指挥上海工厂内迁的决策机构，说到底不过是一个临时抓差搭的草台班子，几个挂名的司长、科长一回南京，林继庸这个监委会主任看上去大权独揽，威风得很，实际上仍只是资源委员会的一名专门委员，他能够动用的人、财、物都十分有限。

当时林继庸从南京赴上海指挥工厂内迁，资委会的提案中明确划定，搬迁工厂范围是机器和五金业，所以每遇有别的行业和厂家来报名内迁，监督委员会无权决定，他也爱莫能助。

根据分工，文化印刷业由教育部负责，食品业由军需署负责，造船业与呢绒业由资源委员会的交通组与被服组负责，纺织业则另有专门的机构负责，真可谓叠屋架床，头绪纷繁。当这些行业的工厂要求内迁时，就得由各自的负责部门审批，但国家刚刚转入战时机制，一片乱哄哄，这些衙门里实际上连个管事的都没有。

资委会内部设有被服组，负责呢绒工厂内迁。但该组负责人对内迁一事不闻不问，致使直到战争结束，上海众多的呢绒工厂一家也未能迁出。

再有交通组的官员，对许多提出内迁要求的造船厂也不采取积极行动，以致延误时机，上海的造船业仅迁出三北轮埠公司的一个造船厂。

军需署的粮秣处只在9月中旬派一名代表到上海，走马观花看了一圈，并无实质性举措，结果上海的食品业中仅有冠生园罐头厂和四明糖厂自费内迁。冠生园本不在政府划定的迁移工厂范围内，工厂老板冼冠生联合多家食品工厂负责人亲自赶往南京，向军需署表示愿意生产军用罐头，最终才被列入内迁企业的名单。

一说起这些贻误时机致使大量资产沦于敌手的同僚，林继庸觉得他们岂止懒政，简直是对民族和国人犯罪。

纺织工厂的内迁情形也好不了多少，资委会虽曾派一名官员到上海制订内迁经费预算，结果也是不了了之。最后，从上海内迁的九家纺织企业——美亚丝绸厂、迪安针织厂、明艺针织厂、华成针织厂、大华纺织厂、光明染织厂、大丰恒布厂、大丰余染织厂和大众毛巾厂——也都是自掏腰包搬迁的，没有得到政府一文钱的资助。而规模最大的刘鸿生申新集团下面的纺织工厂没有一家搬迁。

但因为林继庸代表资源委员会坐镇上海，做出了一些名堂，声名传到南京，各部委的大佬们以为他真的神通广大，就向资委会提出要求，要求林继庸协助搬迁他们各自名下的那些工厂。

不久，各种指令纷至沓来，军政部要求协助内迁各家食品工厂，经济委员会要求帮迁上海实业公司、中国联合公司等到汉口建筑油池。甚至铁道部也狮子大开口，要求将战区内生产办公用品的工厂迁至内地，言明费用由各铁路及各大机关垫付。林继庸纵是一个巧妇，也应付不了那么多颐指气使的婆婆。事后他言：若是当时有准备、有计划，能有统一的领导机构，公平对待内迁工厂，则必可增加许多便利，抢救的物资也不止后来的这些了。

一些大工厂主，如手握沪上四家天字号工厂（天厨味精厂、天原电化厂、天盛陶器厂、天利氮气厂）的化工专家吴蕴初，也加入了要求内迁的行列，这让林继庸有点招架不住了，手上无钱，他想关门了事，又不敢自作主张，9月16日，他急电钱昌照求援：

“查原案外之工厂请求补助搬迁者，有造船厂及文化事业工厂与吴蕴初之天利等四厂，其余都是小厂，所费无几，似不必另制预算。惟原案内有电器工厂一项，虽将业名列入，惟未另制预算。现在华生及华成两厂亦着手迁移，骤增9万余元经费，颇费踌躇耳。而以前徘徊观望之工厂，近日蜂拥而来，预计近十日内须支款当在10余万元之数。来日方长，再不及早结束，则56万元之数必不敷用也。”①

三天后又致电南京：“现着手整理各厂报关单与志愿单，审查需用款项数目。如将到行政院原案之预算数目，拟即停止批给款项，以免超出预算。其后来登记之工厂若预算不敷，如无的款指定，则只有听听而已。”电文还另附了一张支出款项的清单，以示情况之窘迫。

巨大的压力让林继庸有点手忙脚乱了，9月23日，他发

① 《林继庸9月16日电》，录自“档案”，转引自孙果达：《民族工业大迁徙：抗日战争时期民营工厂的内迁》，第14页。

出第三封急电，直言要求“救济”，否则这些厂家将“丧志沉沦”，“将来不得其用”：

“查职会支出款项，截至今日，共三十八厂 298 000 元，已核准支款待领者七十厂，共 224 000 元，故原案余款已不多，可否截止登记。又闻虹口战区已有开放，不少厂家思图迁移，皆系国力精粹，若不予以救济，恐致丧志沉沦，将来不得其用，可否援照上次原案机器化学等厂之项，请再提预算津贴 40 万元以事补救。”

资委会的回复迟迟未到。并不是钱昌照无所行动，而是他也在等消息。9 月 20 日钱昌照呈递上去的包括八家造船厂、四家天字号工厂及印刷业的请增经费提案，行政院一直未予答复。

“查现在上海工厂补请迁移内地者甚多，经本会严加审查，以为关系重要亟应迁移者有以下三种工厂：一、吴蕴初所办天利氮气厂、天盛陶器厂、天原电化厂及天厨味精厂，拟补助迁移费 65.6 万元，拨厂地 370 亩，并商银行息借建筑费、流动金共 170 万元。二、三北、公茂、和兴、中华、恒昌祥、华工、鸿祥兴、鸿昌八家造船厂，拟补助 7.6 万元，另拨江边地皮 60 亩，并商银行息借迁移费 23 万元。三、文化印制业，包括商务印书馆、中华书局、大东书局、开明书店、新闻报、时务新报、中华科学图书仪器公司、中华标准铅笔厂及印刷厂多家，拟补助迁移费5万元。”[①]

另外，钱昌照报告，截至9月15日，已迁出工厂三十四家，已报关或接洽妥帖待船运者，尚有八十九家，这些待运工厂的经费如何着落，上面也无回应。

到底是卡在哪个环节了，还是政府没钱了？在上海的林继庸心急如焚。他不知道，此时的行政院已在打算另起炉灶了。

① 《资源委员会抄送上海工厂迁移内地扩充范围请增经费案密函稿》(1937年9月20日),《国民政府抗战时期厂企内迁档案选辑(上)》，第15页。

第四章　希望

1937 年 9 月 27 日—11 月 13 日

33. 一个地质学家的从政路

还在天主教鲁汶大学读书时，二十三岁的翁文灏就相信，地质学家乃是有着长时段眼光的历史学家，他们打量的是这个星球上更为古远的事物：岩石、河流、植被、山川和史前时期的地球。1927 年，他发布《中生代以来中国东部的地壳运动和火山活动》，指出中国东部造山运动可分四期，尤以从侏罗纪末到白垩纪初造山为最多，以北京附近的燕山为代表，可命名为“燕山期”，此一时期剧烈的地壳运动，他称之为“燕山运动”。

其时，翁文灏三十八岁，正在他和丁文江共同创办的地质调查所担任所长一职，同时任教于清华大学。

“燕山运动”理论等一系列令世界瞩目的成果的推出，正使其成为近代中国最具国际声誉的自然科学界明星人物。如果不出意外，他的一生将在书斋和田野度过，这个学术狂人在日记中是这般自我期许的：“余居北平垂二十年，殚心学术，不问政事，自度平生，向以学术工作为职志。”

即便是“九一八事变”后，国难当头，北平城里一帮梦想着“学术建国”“科学救国”的自由主义知识分子聚集在胡适的周围办起《独立评论》周刊，发表各式各样的政治宣言时，翁文灏虽参与社事，却还是不太热心于时政，对时局的看法与胡适、丁文江、傅斯年等一帮老友每有不合。在一次答复大学生们的谈话中，他说：

“讲到政治，我对于各种深奥的主义从未用心研究，各种特别的制度也不十分明白，当然只好老实地守愚暗的态度，请学生们不必问我。……我原是一个毫无大志的小百姓，家里省吃俭用，只想在自己范围内尽一些力，做一点与自己兴趣相合、于社会无害的小工作便算了。对于哲学、宗教、政治等等大问题，虽然有时高兴也看几本书，或随便谈谈，但自觉毫无心得，正如一张白纸似的，说不上有什么信仰和主张。所以对于那些政治社会问题，或是现在所流传的各种主义，都没有什么特别意见可说。”

科学家都是彻底的经验主义者，他认为，一个社会无论信仰什么或是采取什么制度，重要的都是“用好好的人去好好地做”，而不只是找到一个什么主义去信奉它。“尤其要紧的，是要认识实际的问题去解决它。”那么又如何去认识和解决当下的实际问题呢？他一个朴素的认识就是努力去工作。“世界上只有真正的工作能够造成人类的幸福。”他认为，不管成败利钝，一个人把自己的工作做好了，这就是尽了个人的心力，尽了“一个国民的责任”。

三十年代初的中国正逢社会剧变，地缘政治冲突和党派纷争的激烈程度有如地质学上的造山运动，他很快就迎来了自己的“燕山期”。像他这样既有传统功名（他曾在1902年中取秀才），又有洋博士头衔（1913年获天主教鲁汶大学地质学博士）的学者，早就引起高层政要的注意，想要将其罗致彀中。

1932年夏天，时任清华大学地理学系主任的翁文灏作为专家团成员之一，由教育部次长钱昌照推荐赴庐山牯岭为蒋介石讲学。他自述此事原委：“（蒋）迭电邀余，往谈国事。余与蒋君虽同生甬郡，但素志学术，从未往还。嗣彼复嘱其秘书钱昌照至平，邀余同往牯岭，并切告蒋君为国求贤之诚意，余乃同彼往见。”

蒋介石在这群教授面前表现得像一个小学生一样。他慨叹中国走入当下的困境，全在于“只对内而不对外，以致内部事多而对外力弱”。“余反躬自省，当以保全国家为己责，而欲尽此责，深愿物色全国贤才，竭其所能，同心勠力……”这样恳切的态度，让一班书生“颇感佩慰”，于是翁文灏建言：国家必须建设，建设要有测量、调查和研究。他注意到，蒋介石对他的话题表示出了一定的兴趣。蒋介石后来私下找他，说愿意花三天的时间请翁文灏为他讲学。

翁、蒋谊属同乡，翁文灏出生地鄞县石塘，相去蒋介石的老家奉化不远，蒋介石用人喜用浙江人早已不是秘密。再加翁文灏忠厚诚笃，颇具才干，是蒋介石最欣赏的那种德才兼备之人。讲学结束，蒋介石请翁文灏出来为国家做事，出任新成立的政府高级咨询机构——国防设计委员会的秘书长一职。

在这之前，蒋介石已经在这个机构里罗致了胡适、丁文江、蒋梦麟、陶孟和、杨振声等一时之俊彦。翁文灏再三推辞而不得，最后商定，由蒋介石的红人钱昌照出任副秘书长，在南京执行常务，翁文灏则挂一个虚名，依然回北平主持他的地质调查所。

翁文灏有自己的专业关怀，做官非他所志，他以为这事就到此为止了，孰料两年后发生的一个意外，彻底改变了他对政治的态度，也改变了他整个人生。

1934 年 2 月 16 日，翁文灏雇车沿京杭公路奔赴浙北的长兴县，考察地矿和油田，车到武康遭遇一场车祸，使他头颅塌陷，鼻破唇裂，左额开裂致使左眉消失，生命垂危。时任浙江省教育厅厅长的陈布雷闻讯最先赶到，把消息火速电告南京政府和中央研究院院长蔡元培。蒋介石在南京得报，即刻指令浙江省政府主席代他前往医院探视，命令医院不惜一切代价抢救。还派人把翁文灏的父亲和妻子从北平接到杭州陪护。

京沪两地著名的外科专家前来会诊，结论是：脑部虽受震荡，但并未受伤，不必手术，只需静养就可以恢复。未料不出半月，翁病情突然恶化，神志昏迷。北京协和医院的脑科医生赶到，用 X 光透视，才发现其头部有碎骨陷入后脑，必须尽快施行手术，取出碎骨。翁文灏的挚友丁文江从北平赶来杭州途中，给胡适写信，说“恐怕是凶多吉少”“每天看他神志不清，有时还呓语发狂，心里万分难过”。

在蒋介石的切责下，医生们终于将体重锐减至八十余斤的翁文灏从死神那里夺了回来。如此“救命之恩”，以其之忠厚，不可不报。中国的知识分子再怎么新派，骨子里还是要致君尧舜上的，于是当第二年政府改组，蒋介石邀他在学者如云的“人才内阁”中出任行政院秘书长一职时，翁文灏“几乎没怎么推辞”就应承了下来。

作为报答，他还从清华为蒋带去两人，一位是吴景超，《独立评论》的主要撰稿人之一，担任他的高级秘书；另一位是历史学者蒋廷黻，出任行政院政务处长。“救时暂作终身志，拼死愿回旧国危”，车祸一周年后他作《追记京杭公路之行》，由此两句可知，这场车祸已使他的人生陡然转向。

他们共同的朋友胡适专门写信寄语，希望三人能以“宾师”自处，“出山要比在山清”，去践行他们《独立评论》时代“好人政治”的理想，扭转民族厄运：“……但私意总觉得此时更需要的是一班‘面折廷争’的诤友诤臣，故私意总期望诸兄要努力做 educate the chief（教育领袖）的事业，锲而不舍，终有效果。行政院的两处应该变成一个幕府，兄等皆当以宾师自处，遇事要敢言，不得已时以去就争之。”

1937 年春，英王乔治六世举行加冕典礼，邀各国观礼，国民政府派孔祥熙以特使身份率三十余人的代表团乘意大利轮“维多利亚”号赴欧，翁文灏为秘书长。此行名为观礼和考察经济，实则还担任着一项秘密使命。鉴于中日争执不断，种种迹象表明日本拟大举入侵中国，当局希望代表团与英、法、德等国达成几项重大的经济合作和军事援助项目，在未来的战争中取得这些国家的支持。

是以，使团一到欧洲，翁文灏就陪同孔祥熙频频会见各国政要、财团领袖和金融界人士，向他们示好，抛去橄榄枝。但除了在英国和法国谈成一些中小型的经济合作项目，大多时候，他们感受到的是欧洲人莫名其妙的傲慢。随团的海军部部长陈绍宽与英、法军方洽谈过几次购买中国最急需的潜水艇的事宜，都不了了之。5 月 12 日在威斯敏斯特教堂举行的英王加冕典礼，孔祥熙和中国使团成员也只是被作为宾客介绍而已。到了德国，因德、日、意三国已结成联盟，这让孔祥熙觉得德国人的支持靠不住，所以把希望寄托在了下一站的美国。但罗斯福给了他兜头一盆冷水，国会此前刚刚通过《中立法》，禁止向交战国运送武器、弹药及军事装备，明面上中国连一支枪也拿不到，只能以商务借款的名义向美国订购一批汽油。而国内传来的指示是，取得美国人的公开支持，这比带回一支舰队还要管用得多。

可以想象在南京翘首以待的蒋介石是多么失望。蒋介石还想再做一次努力，打电报给孔祥熙，令翁文灏分途赴俄考察，探探苏联人的口气。当翁文灏还在莫斯科考察工业时，接到了“七七事变”的消息。其后一段时间，一直到确定回国日期，他每天都关注着国内战报。北平陷落，长辛店已失，接下来是天津和塘沽。

结束劳而无功的苏联之行，翁文灏飞回伦敦。8 月 13 日，就在上海战事初起的当天，他接到了何廉从国内发来的电报，告诉他，考察事“奉谕奉缓”。他当即回一电，请何廉转告蒋介石：“请商英美召开远东会议，并提国联，停止日本违约行动，并告拟即东归。”

8 月 2 日自伦敦登机至新加坡，复坐船至香港，再搭乘飞机至汉口，坐长江航轮“武陵”号，9 月 5 日，星期日中午 11 时，翁文灏到达南京。此次出访，历时五个月，一事无成，而京中景象已大异，最大的变化，是几乎人人都在谈论南京要不要守，守不守得住。

当日下午，翁文灏正式受命担任军委会第三部部长，并辞去行政院秘书长职。谈话时，蒋介石有两句话让他印象颇深，第一句是，“对日抗战，必久战方能唤醒各国，共起相争，而得胜利”，显见蒋介石对英美还不死心；再一句是，“长期抗战，必须坚守西部（平汉、粤汉路之西），以备及时反攻，因之，必须准备振作西部基地的生产力量”。[①]

① 翁文灏：《翁文灏日记》（1937 年 9 月 5 日），第 168 页。

蒋介石要他实管资委会及军委会第三部，专心工矿生产，不分公私，都要搞上去，鉴于眼下上海战事正烈，蒋介石要他即刻从钱昌照手上接过对东南沿海工厂内迁的指挥全权。

翁文灏想起 4 月初，他出国之前，蒋介石有一次对钱昌照大光其火，心下骇然。两天后，9 月 7 日，日记载，这一天他做了两件事，一件事是访傅斯年，再一件就是去找钱昌照谈。“与钱乙藜谈资源委员会，余应实施秘书长职权。”[①] 由翁文灏实掌资委会秘书长职权，既是蒋介石的旨意，钱昌照只有无条件服从。

34. 三元巷人去楼空

因日军轰炸南京城日见频繁，翁文灏领导的第三部和资源委员会准备从三元巷迁出，搬到广州路 158 号办公。

① 翁文灏：《翁文灏日记》（1937 年 9 月 7 日），第 168 页。

其间日军飞机大举飞临，水电俱停，卫生署还被炸死两人，国民政府要求，各部委新的办公地点都要增设防空设施，军委会的几次重要会议，都是临时移到建有防空洞的铁道部召开的。

整个9月，翁文灏与各机关负责人、经济金融界人士频频见面，商讨成立工矿、农产、贸易调整委员会事宜。半个月间，会谈过的有张群、吴鼎昌、张公权及银行界的周作民、钱新之等不下二十人。到9月27日，三个调整委员会轮廓初显，他才有时间召集新组建的工矿调整委员会成员，商议工厂迁移诸事。

三元巷的资委会办公楼即将搬迁，院内汽车声、人声鼎沸。下午5时，会议时间一到，各处都安静了下来，各部委所派代表准时到达资委会会议厅。计有财政部李傥、王炤，后方勤务部韦以黼，军政部兼军事委员会第三部李景潞，实业部刘荫茀，教育部顾树森，军事委员会第四部高惜冰、顾毓瑔、张文潜、陈世桢等人。

钱昌照因已明确不再负责工厂内迁，资源委员会来的是代表孙拯。

会议先宣布，政府已决定成立贸易、工矿、农产三个调整委员会，直属军事委员会，军委会第三部部长翁文灏兼任工矿调整委员会主任委员。今后沿海工厂的内迁，悉由工矿调整委员会召集军政、财政、实业、教育四部及资源委员会“审定办理”。

众人肃神听宣，因事前都已发过文件，也不意外。随后进入会议第一项议程，按行政院9月23日第330次院议，讨论资源委员会于9月20日递交的建议拆迁吴蕴初所办之天利、天原、天盛、天厨四厂及造船、文化各工厂请求增加迁移经费案。

议决“原案所提议吴蕴初主办各厂，及三北等八造船厂与文化印刷工厂，均系与国防有关，应行迁移之工厂所请补助各款”。[①] 除了吴氏所办各厂迁移补助费减为40万元，其余都获通过。借款项也获原则通过，工厂基地可按实际需要照拨。议决上海工厂内迁增加迁移经费52.6万元。

然后，翁文灏宣读今后工厂迁移的原则，大意谓，沪战以前，当时厂家多怀观望，为奖励起见不得不从优一律给予津贴，现在愿迁者众，如均援例办理，不独财政上负担太重，且各厂竞争迁移而无安插办法，故把迁移工厂分为两类，一类为国防确有需要的指定军需工厂，如机器、化学、

① 《国民政府各部委关于迁移工厂的会议纪录》(1937年9月27日),《国民政府抗战时期厂企内迁档案选辑(上)》, 第18—19页。

冶炼、动力、材料、交通、器材、医药等；二类为普通工厂。一类工厂由兵工署、军需署、后方勤务部、第三部、第四部选定，酌予补助；二类工厂凡愿迁移者，可免税、免验，予以交通便利，但不补助迁移费，唯其“具有精巧技术制造能力、经主持机关认为有特别援助之必要者，得筹定息借办法办理之”。

这也就意味着，要求内迁的普通民营工厂不仅要自己承担一切费用，还要承担一切后果，政府概不负责。

会从下午5时一直开到晚上10时。用餐都是勤务员从食堂搬来，在会议厅里解决。翁文灏最后宣布，为了金融情形与工业需要能兼筹并顾，这次会议后，“所有上海工厂与以后工厂迁移事宜，应由工矿调整委员会主持”，工矿调整委员会机构未完备前，由军事委员会第三部暂摄一切。

此一变动，钱昌照事先与闻，平静地接受了。他仍是资委会副主任委员，分管战时重工业建设：“内迁工厂之事，我仅仅起了一个头……以后内迁民族工业的大量工作，我因另有创建后方重工业基地的任务，不再与闻。”①

不久，代替工矿调整委员会暂行负责工厂内迁的第三部

① 钱昌照：《钱昌照回忆录》，第57—58页。

又提出“邻近战区各重要工厂迁移内地经营办法”，对内迁工厂的建厂地皮由“拨给”改为“拨借”，言明内迁各厂家须服从“管理”和“命令”，“经营不善或不堪迁移者不在此例”。内迁的门槛升高了，政府对内迁工厂的控制增强了。

甚至，工矿调整委员会内部有要员放出风来：“迁厂不是经济办法，如非军需急用者，以少迁为佳。”

35. 工矿调整委员会登场

按职分，军事委员会第三部主管重工业，第四部主管轻工业。翁文灏从欧洲回国后，充实第三部的力量，部长室以下设四个组，一为地质组，组长由他亲自兼任；一为化学组，组长林继庸，副组长金开英；一为机械组，组长杨继曾，副组长李景潞；一为电气组，组长恽震。明确组长为少将衔，副组长为上校衔。

林继庸因前番坐镇上海指挥工厂内迁得力，荣任第三部化学组组长，也算是个金章一星的少将了。

林继庸是10月6日奉召返京，才第一次见到翁文灏。次日下午，在广州路158号的军委会第三部办公楼里，和他一起参加会见的，是一批上海企业家代表，除了胡厥文、余名钰，还有华成电机厂的周锦水、华通电机厂的孙鼎，亚光制造厂的张惠康、亚浦升灯泡厂的胡西园和华德灯泡厂的李庆祥。

这天上午，翁文灏刚刚陪同外交部部长王雪艇会见了德国大使陶德曼，话题自然从各国对发生在上海的这场战争的看法开始。

翁部长操着一口带着浓重宁波腔的国语告诉在座各位企业家，这场战争虽然中方的伤亡一直在增加，但战争的态势基本上朝着开战前定下的目标前进，大盘稳固总体向好，一个重要的信号就是国际社会已经高度关注上海战事，将分头协助中国，陶德曼大使也在努力调和，资委会同人当下之急务，就是生产、组织、节约，为这场以空间换时间的战争积攒国力。

四十八岁的翁文灏身着黑色中山装，戴眼镜，神色凝重，不苟言笑，但说到战争前景时还是有一丝笑意浮现在他刀刻般坚硬的腮帮上。以林继庸对德国人的观感，总觉得陶德曼的调和不过是捣糨糊，翁部长的乐观未免为时过早，但他不会说出来。

林继庸来京不只是接受新任命的，作为上海工厂内迁的实际负责人，他还有一项重要的工作，把工厂内迁监督委员会的职权移交给新成立的工矿调整委员会。对新上司的这一决定，他只有无条件服从。

“监督委员会主持上海工厂拆迁工作，所定的办法及所用的手段，很多是因时因地制宜的。非常时期用非常之手段，理所当然，但这些办法不能普遍适用于全国。故当上海工厂拆迁工作告一段落，工矿调整委员会代之而起，亦是时势所然。”①

10月9日，星期六下午，在三元巷资源委员会老楼礼堂，林继庸主持召开了上海工厂迁移监督委员会第二次会议。之前在上海半途退出的庞松舟和欧阳仑来坐了一会儿，另加上代表军政部的涂治平和代表教育部的郭莲峰，一起听会议主席林继庸报告办理上海工厂迁移情形，并商议如何交割。自8月12日上海斜桥街那次会议后，他们再没见过。

同日，翁文灏日记载：“以下各日，每日会商（农产、工矿、贸易）调整委员会组织、职权、人选、预算等事。到者

① 张朋园、林泉：《林继庸先生访问纪录》，第44页。

徐可亭、陈潜庵、胡笔江、汪楞伯、薛迪锦（叶琢堂代表）、陈光甫、周作民、何千里、邹秉文、唐寿民、吴达诠、张岳军主席。”也就是说，三个调整委员会的组织架构和组成人员还在酝酿中，尚未正式落地。

故而，林继庸他们只能最后议决：“新请求迁移之厂，本会不再受理，已批准迁移者，继续办理，俟工矿调整委员会主办之工厂迁移机关成立后，再将本会未办结事件移交该机关接收办理，以资结束。但在本会未结束以前，如有工厂自愿出资迁出者，本会仍予以行政上之协助。”①

监委会算是寿终正寝了，而工矿调整委员会尚未组建就绪，“暂行负责”的军委会第三部实际上并未具体接办。在座诸位都明白，此后的上海工厂内迁事实上将陷于停顿了，即使有工厂要求内迁，也找不到哪个部门申请协助了。

预料到回上海已无事可做，林继庸请求前往汉口，安置先期内迁到汉的各厂，翁文灏同意了。

① 《上海工厂迁移监督委员会历次会议录》（1937 年 8—10 月），《第二次会议录》（10 月 9 日），《国民政府抗战时期厂企内迁档案选辑（上）》，第 45 页。

36. 天字号倾覆

战争刚一打响，吴蕴初就派人收购了大量核桃壳，用来烧制活性炭，制造防毒面具。日本人的毒气弹令人谈之色变，他准备把这批防毒面具无偿送给前线官兵。五年前的“一·二八”抗战，他就是这么做的。

看着天上敌我战机咬作一团，不时有中弹的飞机燃烧着跌进黄浦江，他甚至还动过念头卖几个厂子，捐献飞机支援抗战。都要灭国灭族了，还要厂子何用？

吴蕴初的面相是标准的商人脸，浓眉，国字脸，八字胡，有着一种商海杀伐的果敢。作为化工领域孜孜不倦创新的企业家、二十世纪三十年代上海滩上最大的工厂主之一，他可不是小说家茅盾笔下的食利者吴荪甫，而是一个有着浓重的国家民族情感的人。他发迹后对后辈说得最多的一句话是——“蕴志兴华，家与国永”。他认为做一个中国人，总要对得起自己的国家。

他是上海嘉定人。早年因为家穷，入上海广方言馆学了一年外语就回乡做了一名英语教师。这段贫寒的经历使他早早品尝了生活的苦涩，也激励他从底层挣扎而出。十五岁时，他考入陆军部上海兵工学堂半工半读学化学，以刻苦好学成为德籍化学教师杜博赏识的弟子。话说杜博来中国执教，带出来三个化学实业家，分别是日后在上海滩上各擅胜场的“味精大王”吴蕴初、“日化大王”方液仙、“香料大王”李润田。方、李后来皆死于非命，吴蕴初终得善终，也是其处世圆滑，懂得保舍之道之故。

吴蕴初人称“味精大王”，是因为他早年以味精起家。当吴蕴初刚刚踏入化工领域时，上海市面上还到处是日商“味の素”的巨幅广告，他便买了一瓶回去仔细分析研究，发现“味の素”就是谷氨酸钠，1866年德国人曾从植物蛋白质中提炼过。吴蕴初就在自家小亭子间里关着门着手试制。他拿出与人合办炽昌新牛皮胶厂（他曾任厂长）所得工资，购置了一些简单的仪器和分析设备，白天上班，夜间埋头做实验，没有人手，就拉着新婚不久的夫人吴戴仪做助手。

凭着在兵工学堂习得的化学知识，再加上这些年试制耐火砖、牛皮胶所积累的化学经验，他认识到从蛋白质中提炼谷氨酸，关键在于水解过程。亭子间的空间逼窄，试制中，盐酸的酸气和硫化氢的臭气弥漫四溢，搞得街坊邻居意见纷纷，吴戴仪只得给人家说好话，赔不是。经过一年多的试验，他终于制成了几十克成品，并找到了廉价的、批量生产的方法。

1923 年，在一个宁波籍小店员王东园的撮合下，吴蕴初开始和酱园老板张逸云合办味精厂。厂名“天厨”，产品名“佛手”，意谓此品乃天上菩萨才能享用的珍品，这倒也适合他们这两个佛教徒的品性。随着佛手牌味精产品行销一时，他积累起了资本，在上海相继创办了天原电化厂、天利氮气厂、天盛陶器厂等天字号化工企业，填补了中国近代氯碱、化学陶瓷工业的空白。

至战前，这些企业都已有了相当规模，各厂资本总和在 425 万元以上。其中的天原电化厂为中国第一家电解化学工厂，被视为中国食盐电解工业的鼻祖。“天原”取“天厨”原料之意，吴蕴初从电化化学的阴阳两极联想到“太极生两仪”，把“太极”图作为天原产品烧碱、盐酸、漂白粉等的商标。当时电解食盐工业在国内尚处于空白，吴蕴初带技术员亲赴美国学习，1934 年自制电解槽获得成功，在国内化工界传为奇谈。

当时国内化工界还有一位翘楚是湖南人范旭东，他名下的永利碱厂生产出了中国第一批硫酸铵产品。1934 年永利公司拟兴办南京錏厂，与吴蕴初的天利氮气厂构成竞争，吴蕴初与范旭东坦率地通函协商，划定了各自的经营范围，永利在长江以北，天利在长江以南，一时人称“南吴北范”。

吴蕴初创办基础化学工业的努力很早就得到了南京政府的重视。财政部曾拨借给他 10 万元，用于缓解天利的资金周转困难。1931 年，国防设计委员会——资源委员会的前身——成立时，他是少数受聘担任专门委员的企业家，并到南京参加实验室工作，研究煤炼油课题。淞沪会战爆发前，吴蕴初受资源委员会派遣参加赴德国工业考察团，在柏林与著名的法本工业公司洽谈开办煤炼石油工厂，并签订了 7 000 万美元购买整套设备与技术的协议。

“八一三”战事一起，吴蕴初即对工厂内迁表示出积极态度，“誓不以厂资敌”。他向监督委员会申请把四个化工厂的全部设备迁往内地。林继庸喜不自胜，向钱昌照报告，“天利、天原两厂恳请指定迁厂地点，化学厂多家愿随同迁往”。

9 月 1 日，吴蕴初约林继庸商谈迁厂事宜，但被突袭警报打断，林继庸发给钱昌照的报告可见当时仓皇情状：“吴蕴初兄日前约职往谈将天利、天原两厂迁移内地之事，坐甫定，尚未启口，敌军司令部通知公共租界转达将轰炸该厂之警告突如其来，蕴初兄仓皇呼援，无暇再谈。”[1]

---

① 《上海工厂迁移监督委员会林继庸关于在沪办理工厂迁移历次工作报告》“第 4 号报告”（1937 年 9 月 1 日），《国民政府抗战时期厂企内迁档案选辑（上）》，第 105 页。

9月5日，吴蕴初编制完成天字号四家化工厂的内迁预算，总计申请补助经费65.6万元，息借款额169万元。钱昌照接到报请，即把此预算纳入请求增拨内迁经费的提案，上报行政院。此事正好逢上资源委员会、军委会第三部权力过渡期，拖了三个星期，新成立的工矿调整委员会方批准他的这一申请，但把补助费削减为40万元，息借款额要视具体情况再定。

在向迁移监督委员会递交内迁申请书之后，吴蕴初没有坐等回复。申请书递上去的当天，他已连夜将天原、天利两个化工厂的重要机件拆卸装箱，以待一经允准就可上路。但他很快发现，几乎找不到一艘运输的船只。他更想不到的是，军方会成为工厂内迁的最大障碍。

天原、天利两厂地处沪西，当时战火虽未波及，但四周已驻满军队，有88师的，有87师的，还有各省调来参加会战的保安部队。吴蕴初找不到内迁急需的运输工具，只得向资源委员会求援：

"敝厂等奉命迁移，日来已在积极拆运。所雇车辆迭被八十八师及警察局扣用，极感困难，乞赐电咨上海军事长官放回，以后并特予便利为感。"①

① 《天利厂10月8日致资源委员会信》，录自"档案"，转引自孙果达：《民族工业大迁徙：抗日战争时期民营工厂的内迁》，第64页。

但情况并无丝毫改变，厂内堆积如山的机件仍无法运出，且随时可能遭到日机的空中打击，无奈之下，他只得再次向资源委员会告急：

“敝厂迁移内地虽经多方努力而困难仍复重重，尤以舟车之不能如愿通行为不克立刻迁出之最大原因。前敝厂在苏州河内雇得空船四只，拟通过乌镇路桥而至敝厂搬运机件，当驶经乌镇路桥时，即为水警扣留，虽将第三战区第9集团军特发之护照送验，仍不允放行。嗣敝厂又在松江方面雇定空船七只，拟驶至陈家渡敝厂，而在泗江口又被该处驻军扣留，且将敝厂所向迁移委员会领得之淞沪警备司令部舟车通行证一并扣去。如此非特目前敝厂包装完竣之机器难于全数运出，且该项证章设不幸流入汉奸之手，将来益恐涉及责任问题。”①

昔有伍子胥一夜白头，为了搞到运输船只，吴蕴初的半边头发也愁白了。夫人吴戴仪说：“他有一次回到家里，就说现在船很难租到。因为当时内迁的人很多，东西很多。再说那时航运还不那么发达，船只也很少，还有一些军队要运输，反正那个时候矛盾很大。但是他不怕困难，坚决要把这

① 《吴蕴初10月20日致资源委员会电》，录自“档案”，转引自孙果达：《民族工业大迁徙：抗日战争时期民营工厂的内迁》，第64页。

个厂往后方搬。他说：‘我决不能把这个厂留给日本人！’”

一直到10月22日，天原电化厂和天利氮气厂才好不容易雇了一批空船到厂装运。此时，中方的制空权已完全失去，白天日机频繁在厂区上空盘旋轰炸，晚间军方又不允点灯工作，怕招来敌机，致使搬运进程十分缓慢。直到10月26日，天原厂的机件大多已打包装箱，天利厂的还只装了一部分。

吴蕴初命已装就的十一艘船赶紧起运。第二天清晨，吴蕴初驱车到厂，在离厂不到一公里处，就见天原厂内中弹起火，他黯然说了一句话：“总算亲自去送了终。”

吴蕴初惊魂甫定，回过头来一想，庆幸自己运气还不算太坏。两天后，忽见那些船只的押运人员纷纷逃转回来。他方知，万难之中找到的这些搬运船只，刚刚驶出港口便遇上了麻烦，在北新泾被军方拦截充当了浮桥。

当时押运人员向士兵出示通行护照，详述船队是奉命迁移，一再婉求恳商，但士兵们无动于衷，甚至连通行证也给没收了。雇来的船工见此状况，也都一哄而散，弃船跑了。吴蕴初只得向资源委员会再度告急：“查明被扣船只已有六艘，现在火线之中，危迫万分，请以有力方法转商放行。”[①]

① 《吴蕴初10月28日致资源委员会电》，录自“档案”，转引自孙果达：《民族工业大迁徙：抗日战争时期民营工厂的内迁》，第65页。

在军方上层的干涉下，一直到11月6日这些被扣的船只才得放行。

据镇江海关报告，到11月20日止，吴蕴初的四家天字号工厂，天厨味精厂迁出361吨，天盛陶器厂迁出24吨，天利氮气厂与天原电化厂各迁出112吨，合计共609吨。天厨迁出的主要是味精，天利迁出的主要是一些电动机、高压循环泵和铂金丝网，天原、天盛两厂基本迁出。虽然吴蕴初行事果敢，动手早，四厂又都是能用于军用的化工企业，并受到资源委员会的特别支持，天字号四厂仍然损失巨大。

日本人对天原厂垂涎已久。10月底的突袭中，天原厂有一艘装满机件的船被炸翻在苏州河。当时匆忙，未及派人打捞。不久上海沦陷，附近有一家日企中山钢铁厂将沉船捞起，硬说天原厂偷了他们的设备，强行闯入厂中搜查，企图借此敲一笔竹杠。

在找到一只有“中”字印记的铁锅后，日本宪兵抓走了天原厂留守人员顾逎智，关押在沪西的宪兵司令部，日日拷打逼供，要其承认偷盗。顾逎智硬扛了半年，坚不屈招。忽一日，狱方通知其妻，说即将释放，并允往探监。顾妻到了监狱，却只见到一具尸体，说是于释放前晚暴毙了。显然是日方栽赃不成故意下毒手泄愤。

天原厂在顾逌智被捕后无人看管，中山钢铁厂的日本人经常大摇大摆进去，拆卸未及搬走的机件，说是补偿其损失。可怜好好一个天原厂，先遭轰炸，复被抢劫，几成一片荒地。最后日军接管了天原厂，转给了日商维新化学株式会社，其强盗行径终于得逞。

37. “这是颜料还是鲜血？”

林继庸在武汉只待了一周。先期撤出来的一批工厂都已在寻找地皮，搭建厂房，还有一些厂家的船只尚在途中。他心念上海还有大批工厂未及撤出，就匆匆返回南京销假，准备再去上海办理工厂迁移。

翁文灏10月20日日记载：“林继庸自汉返京，拟再往沪。”

此时上海的战局正在迅速冰澌雪消，局势对中方越来越不利。

日军登陆吴淞及川沙口后，第3师团顺刘行公路进犯杨行，第 11 师团直取月浦。此两处的失守，使得在张治中的第 9 集团军与陈诚的第 15 集团军左翼之间出现一个缺口。在 9 月的前两个星期，源源不断从日本国内开来的日军登陆了，并在上海北部构筑起了一条长十余公里、纵深八公里的桥头堡阵地。

到 9 月 18 日，日军开始向聚集在罗店的中国军队疯狂进攻。尽管中秋前后的三天暴雨延缓了日军的攻势，但罗店还是毫无悬念地陷落了。

陈诚在 9 月 3 日还与蒋介石通过电话，尚自信心满满，言“淞沪在战略上对我极为不利，但在政略上绝不能放弃，亦不可放弃。欲达持久战之目的，只有取积极之手段(以攻为守)，与抱牺牲之精神，断然攻击。以全盘情形视察，敌除海军炮舰及飞机炸弹外，其陆军绝难发展，其困难情形只有比我为甚”，被蒋介石嘉许为“信心可以移山”。

但眼看着手下最精锐的部队接二连三被撕成碎片，蒋介石不由发生动摇。

9 月 20 日，蒋介石接连向战区发出两道电令，决意改组第三战区最高指挥层。一道电令是解除冯玉祥的第三战区指挥权，将之平调第六战区，由顾祝同接掌第三战区；另一道电令是解除在他看来只会耍嘴皮子的张治中的第 9 集团军司令职务，代之以他更中意的朱绍良将军。

冯、张离任时都带走了各自的参谋班底，这使得在新长官到任前出现了一段匪夷所思的空档期，部分战场的指挥陷入了瘫痪。

陈诚自从率他的“土木系”投入第三战区，一直都与日军死顶硬扛。他与张治中也是龃龉不断，互有埋怨，但闻听蒋介石要动张，还是替张治中说了不少好话，给蒋介石的电文中有“文白兄两旬以来，在前方指挥作战，异常奋励，夜以继日，至为辛劳。惟因一切后方交通通信等机关组织，未臻完善，种种准备，未能周密，而成现在之局”等语，他建议用其所长，推荐张治中出任大本营总务部部长。

但张治中已无心就任。调令到达后，张治中到南京述职，请求回家休养。蒋介石抑住嫌恶，佯作和蔼地说：“好，那你就了新职再走。”

但连续一个多月高强度的心理负荷已让这位将军心力交瘁，他原本瘦弱的身体更形憔悴了。9月末，张治中回到安徽巢湖老家，他陡然变得苍老的面容让家人几乎不敢辨认。卸甲归来的将军整日看话本小说自娱，他从不和家人谈论这场战争。即使平常说话，也会因气血不顺停顿下来。

西线一直很平静。城外的枪炮声没有改变上海是远东最繁华的都市这一事实。这座城里手握大把钞票的人实在太多了，他们有的是退职做了寓公的政府前高官，有的是把实业和商铺搬进租界的大资本家，当然还有留在这座城里继续冒险生涯的外国人。当夕阳西下，黄浦江上的霞光带来一天中最美的时分，纵情挥霍的美好时光便又回来了。

"黑色星期六"惨剧后关闭的和平饭店和汇中饭店经全面装修于9月中旬重又开放，国泰、大光明等影剧院也开始同步上映最新的美国大片，莺莺燕燕的夜总会重又迎客了，每晚12时宵禁之前，弄堂里双脚打晃趔趄行走的寻欢者和酒鬼也一下子多了起来。

几天后战斗重新打响，留在市区御敌的已只有第88步兵师、第36步兵师的一半兵力，外加一个独立旅，大多兵力都抽调去北部战场了。

9月19日是中秋日，连日暴雨使得这天晚上无月可看。但主要是城里人已无心过节，著名的杏花楼出产的五仁月饼也乏人问津。每天数以万计拥入租界的市民都在为米缸里一天天浅下去的米犯愁。工厂里的合同工人为了要到拖欠数月的薪水正在与资本家对着干。

更要命的是，似乎是嫌这座城市的灾难还不够深重，9月中旬，一场霍乱又侵袭了这里。10月初，疫情到达峰值的时候，据说已经有三百五十五人死于感染。市政当局说，这场霍乱可能是到上海参战的南方军队带过来的，于是有人转而埋怨起了这些因为长途跋涉而面带菜色的士兵。

9月下旬，日军大本营调遣到中国的另三个师团陆续抵达。先是9月22日，日军第101师团在吴淞登陆后，部署到第3师团左翼。再是9月27日，第9师团抵达同一区域。最后是10月1日到达的第13师团。他们正摩拳擦掌准备越过吴淞江向苏州河推进，以给中国军队致命一击。

至此，日军在上海已布置五个师团的兵力，而国民党军队虽号称有二十五个师，实际上有的师已缺额严重，连五千名士兵都不到。松井石根相信，中国人拼死守卫的这座城市将成为他们的坟墓。他在日记中写道："整个前线都有迹象表明中国军队正在动摇。"

到10月初，城西战事底定，市区和近郊依然锋镝交加。秋雨开始一场接一场地下，这对双方疲惫不堪的士兵都是一种放松。他们可以趁着这宝贵的时间修筑战壕，接近对方的防线。

连绵的冷雨里，期盼已久的桂军的四个师赶到了，他们在这个月下旬部署了一场反击日军右翼的计划，他们沿着陈行、顿悟寺、桃园浜一线展开行动，主要预定目标是吴淞江以南区域，担任主攻的是第 174 师和第 176 师。但这些长于山地作战的小个子士兵并不适应大规模的攻坚战，他们全凭血肉之躯冲锋，虽极其勇敢，还是未能突破敌人防线，旅、团长级军官伤亡十四人。

一位从战场上退下来的桂系将军描绘当时的状况："战士们要么被炸成碎片，要么被埋在他们的掩体里，第 174 师陷入一片混乱。"

而导致这场最大规模反击战失败的原因，据说是指挥官在部署进攻计划时，看错了比例尺，又没进行敌情侦察，致使这两个师的战线拉得太长了。

此战失利，直接导致朱耀华的第 18 师防守的大场失守。四十多辆日军坦克把大场外围的战壍和壕沟全都填平了。朱师长开枪自杀，被警卫挡了一下手臂，结果在胸前留下一处未致命的伤口。

一个消息早就在下级军官和士兵中间流传：到月底，国军将从上海撤出。苏州河以南，城西与通往南京的铁路线平行的公路上，已有落伍士兵和小股伤兵蹒跚而行。士兵们三五成群，这使他们很容易成为空中盘旋的敌机的活靶子。

另一个未经证实的消息是：第 88 步兵师将作为大撤退的后翼，掩护全军撤出。作为最早进入上海战场的中国军队，此时的88师已经六次兵员增补，老兵只占两到三成，他们能不能抵御步步进逼的日军，师长孙元良和他的参谋们都心中无底。

大批士兵、车辆、驮畜沿着公路源源不断从闸北北部出运，苏州河以北成建制的中国军队正在整队整队地消失。

10月27日早晨，从市中心远望闸北，八道黑色烟柱由细到粗，从地平线上升起，直冲蔚蓝的天幕，尔后弥漫成一道约十里长的烟墙，朝着租界方向翻卷而来。无数麻雀被黑色的烟尘驱赶着乱飞乱撞，空气嗡嗡作响。市尘之下，是一片惊惶的叫喊，来了，来了！他们来了！

尽管日军侦察机一直密切关注着中方用以撤退的两道主要桥梁，并在夜间投放降落伞照明弹随时观察，中国军队最精锐的几个步兵师还是跳出了日本人设下的陷阱。闸北黑魆魆的废墟上插满了成百上千面狼毒花一般的小太阳旗，日本人已经按捺不住庆祝了。但在这一片庆祝的海洋中还有一幢完整的建筑牢牢控制在中国军队的手里，那是苏州河北的四行仓库。

孙元良师长把向世界展示中国依然在抵抗的任务交给了他麾下的第524团1营，三十二岁的黄埔毕业生谢晋元带领四百余兵力的“孤军营”抵御着狂潮般进击的日军，他们在众目睽睽之下的抵抗一直坚持到10月30日晚上。最后他们沿着四行仓库大楼后面的垃圾桥退入了租界。

11月5日，日本第10军在杭州湾北岸突破张发奎的防线强行登陆。尔后，第10军的先头部队第6师团在屠夫师团长谷寿夫的率领下，穿过上海南部一大片迷宫般的稻田向北推进。在拿下金山后，这股污脏的潮水继续涌向上海市区。

到11月8日晚，第三战区司令部终于做出了把战线收缩到苏州一线的决定。但已经晚了，混乱的军令再加日军奸细的袭扰，致使撤退成了一场溃不成军的奔逃。

11月11日，是第一次世界大战结束19周年纪念日，上海的外国人在外滩举行了例行的游行，铜管乐队庄严的音乐声中，夹杂着租界区以南的隆隆炮声。

再接下来是废城地带的零星巷战和占领者的疯狂杀戮。美国记者埃德加·斯诺受他供职的《密勒氏评论报》派遣，在一河之隔相对安全的法租界追踪着战事，在一座水塔下，他环顾四周，发现前面地上有一个红色的小水洼，他好奇地问："这是颜料还是鲜血？"

没有人回答他。和他一起出来的一个英国记者的头部已经被射穿了，他为纪念日特意穿着的西装的纽扣眼里还别着一朵红色的罂粟花。

到次日下午3时，枪声渐渐平息，代之以一阵阵疯狂的“万岁”的高呼声。太阳旗在南市某幢高楼的上空升起。历时三个月的淞沪会战就这么收场了。

38. 数目字背后的生命

林继庸刚回到上海的头几日，还有一些工厂主找到监委会设在马浪路舞厅的临时办公地，申领迁移护照。

此时，胡厥文、颜耀秋等迁委会成员都已率厂西迁，其他人员也已星散，幸亏他从南京带了侄儿林世华和资委会的钱文达、王序端两人过来，方能替他张罗一切。

战局每况愈下。10月27日，闸北失守并发生大火，苏州河的一段被截断，繁忙了三个月的这条水道顿时空闲了下来，各厂物资只得取道内黄浦江运往松江，经苏州、无锡至镇江。这时，那些内迁的厂家，不管有无护照，都急匆匆地雇船上路了。

林继庸在马浪路舞厅枯坐一整天，也没一个人来找他。

南京的一纸通知已经到达他的案头，要他回京主持召开上海工厂迁移监督委员会第三次会议，讨论迁汉工厂重建和复工事宜。对方反复说，这是翁部长的意思，要他务必于10月29日傍晚前回到南京。

林继庸明白，这是该委员会最后一次会议了，自7月底以来，他在上海历时近三个月的使命结束了。

11月初，在南京开完会，他赴镇江视察西迁船只驳运情况，“觉尚良好”。再过十日，上海沦陷，未运出的工厂全都陷在了城里。

再接下来，日军兵锋前指，常州失守，江阴炮台被陷，首都南京也一片混乱。到12月10日，南京失守前三日，镇江运输站撤退，上海及附近各工厂物资沿着长江迁移的运输终告一段落。

在离开南京前的最后一个晚上，林继庸再次来到了他在广州路的临时办公室。为防敌机轰炸，电力部门拉掉了电闸，整个南京城的所有建筑全都黑魆魆的。他只能点亮一支蜡烛，最后检视一遍，看还有没有文件需要带走。

偌大的办公室里空空荡荡。同事们这两天都陆陆续续去武汉了，走不了的就近疏散。资委会留存的要紧文件，也都由新接手的机构打包起运了，带不走的也销毁了。但有一份他与资源委员会副主任委员钱昌照的往来函电的电报复本，他一直随身携带着，没有交给任何人。

资源委员会的所有职责，已明令由工矿调整委员会接手，这个曾经显赫一时的机构，终成明日黄花，钱副主任委员也已调任他处。将来的工厂迁移和国家的工业建设，不管是民用的还是军工的，国营的还是私营的，都将在后方大本营和翁部长的直接领导下进行了。但他相信，钱副主任委员的手上，也一定保留着这个电报底本。

这几十页的电报纸上，记录的是他们乃至更多的人，三个多月来所有的努力、牺牲、不屈和不甘，当然还有未尽的希望。

这二十一封电报，起自1937年8月30日，一直到镇江转运站撤销的11月底，完整保存了他向钱昌照逐日报告的上海工厂迁移报关机件清单、工厂负责人和领队工人名录。他想如果将来有一天他死了，他曾经指挥过那一支支在炮火中离开上海的船队，这也是可以夸耀于子孙面前的：

他在上海主持工厂迁移的这三个月，除去协助搬迁国营的工厂不计，上海的工厂共迁出了一百四十六家，机器及材料14 600余吨，技术工人两千五百余名。他们中的大多数已经到达武汉。

他还可以一一细数这些工厂，其中的机器五金业，有六十六家；化学工业，十九家；电气及无线电业，十八家；文化印刷业，十四家；造船业，四家；陶瓷玻璃业，五家；炼气业，一家；纺织染业，七家；饮食品业，六家；炼钢工业，一家……[①]

本来，他还可以多迁出一些工厂的。只可惜，时不我待。

他的手指掠过厚厚一沓《上海工厂迁移报关机件清单张数及厂长姓名表》，最后落在了几页手写的纸张上。跳跃的烛光落在这些黑色墨水书写的名字上，他看清楚了，这是他呈报给上面的工厂迁移死亡者的名单。

曹吉庆、王咸亮、王长根、郑汝良、王明卿、蒋志成、毛保森、赵秀山、孙德锵、姚俊、史文德、王仲敏、李元芳、王仲舜、谢和尚、田雨良、童友才、张振林、孙鹤梅、浦连生、陆金坤、孙兴忠、陈菊意、王东甫、蒯寿鑫、唐阿土、徐阿金、王洪顺、谢声宏、谈宏生、张玉清、王长荣、陈福福、吴金山、茅福林、夏野湾、高阿才、盛松松、何根泉、朱泉生、朱荣清、宋根泉、黄桂馥、周玉成、周根山、

① 张朋园、林泉：《林继庸先生访问纪录》，第 46 页。

李致中、白星舟、任义度、单庐、陈四一、柳树山、张桂兴、曹邦泰、孙永生、王荣生、鲁登林、王阿成……

他们有死于疾病的，有死于旅途劳累的，有在搬移机器时坠崖死的，也有被侵略者的炮弹炸死的。

托举在他手上的，不再是一串冰冷的统计数字。他们是活生生的生命，和姓名背后的几百上千个家庭的希望。

那一刻，他觉得他们并没有死去。他们继续活着，活在未来中国工业的血液里。

2023 年 3 月 20 日初稿

2023 年 12 月 19 日改定

跋：《生死危城》是我写现代中国的最后一块拼图

二十世纪九十年代初，我刚走上写作这条道路的时候，着迷于埃兹拉·庞德和意象派诗人语言的幻术。我把自己视作一个语言的炼金术士，着迷于在语言的音、形、义里面打转。在漫长的青年时代，我写下了上百万字的习作，有诗歌、散文、小说片段，甚至还有一部戏剧。这些从语言内部生长的文字，彼此缠绕、撕扯，自我增殖。法国诗人兰波说，每个元音都带着自身的芬芳，有着隐秘的起源。在那时的我看来，每个汉字都是一部历史，都自成一个世界。按照这一写作方向，我会成为一个诗人，把汉语的每个字和词去重新擦亮。

我自己也没有想到，那些从没发表过的废稿会把我的写作带到另一个方向，让我成为一个小说家。

要感谢叙事。是叙事让我的写作从天空回到了地面，变得及物了，也让紧张的写作状态变得舒缓、从容了。而在这之前，我喜欢的写作姿态是飞翔。是叙事让我留意于物，沉潜于物。叙事把我带上了现实主义道路。

1997年前后，我写了一批关于乡村生活、童年记忆的短篇小说，这些习作教会了我如何去观察和描述变化中的中国乡村，并让我对叙事之道保持着长久的热爱。我把最喜欢的一篇寄给了《收获》杂志。这篇短篇小说《扫烟囱的男孩》发表在1998年秋天，我记得责任编辑是钟红明老师。现在，她和谢锦老师又成了《生死危城》发表在《收获》的重要推手。

当年那批集束手榴弹一样爆炸的小说对县城一个小公务员产生的暗示是，我可以去过一种写作的人生。而本来，生活按部就班，几乎一眼就可以望到头，我可能会从一名科长，经过在乡镇的历练，再回到县城，成为基层官场中自我感觉良好的一个。

是写作改变了我，让我在新世纪之初离开了县城。

2019年秋，生活再一次变动前，我已经进行了持续数年的“现代性主题”的研究与写作。这年初，长江文艺出版社出版了我一百二十万字的“中国往事三部曲”，书封上的一句话——“积十年之功，从公共遗忘处，书写一个国家的记忆”，就是我这项写作计划最初的设想：讲述1905—1949年的中国故事，讲一讲现代性怎么来到中国，来到我们身边。我把这看作一个写作者的重要职志。

诗人柯勒律治说，凭着墙上的几个点，可以挂起一幅心灵的挂毯。我为现代中国这幅“挂毯”寻找到的几个点分别是：铁路、外交、金融业（或商业）和晚清以降知识人精神的流变。

这个写作项目中的几部非虚构作品：《午桥之死》以晚清铁路督办大臣端方（同时也是一个老资格的青铜器收藏家）在一场暴力中的死亡，书写了铁路国有背景下引发的一场革命的“保路运动”；《驶往一九一九年的船》，写的是巴黎和会背后的中国外交家王正廷、顾维钧和陆征祥的故事；《酒旗风暖少年狂》聚焦“五四”狂飙前后的陈独秀、蔡元培、章太炎、鲁迅、苏曼殊、刘师培，讲述这些新文化运动中的旗手和先锋如何适世、用世，甚至叛世。持续多年的叙事训练使我一直对人和事关系的书写充满热情。我从一个历史光谱跳到另一个，每一次跳动都相信踩在了历史的节拍上。

其间用力最勤的，则是对现代中国金融业（商业）的书写。上下两册、六十万字的《枪炮与货币》，聚焦二十世纪初置身金钱政治旋涡的南北金融界精英，讲述了在资本与权力对立、依存、冲突、纠缠中壮志未遂的一代人的故事。后来沿着政商关系的考察方向，又有了一本五十万字的银行家传记、读书界称之为当代“食货志”的《银魂：张嘉璈和他的时代》。

2019年春天，在北京彼岸书店和杨天石、马勇两位近代史前辈一起做新书宣传活动，马勇先生说了一句话，你不想成为中国的曼切斯特吗？这让我心神为之一凛。在这之前，尽管我是如此热爱《光荣与梦想》，但我从没有想到，我会花如此多的时间在虚构和非虚构两个世界交叉跑动。

我只能笑笑。马勇先生却是认了真的，说，还有一块顶重要的拼图，你得找出来。

我知道，他说的是近代中国的工业化和这一大潮中的爱国实业家们。

于是，有了五年后的这本《生死危城》，1937年沿海工厂内迁这场规模堪比“敦刻尔克大撤退”的故事。故事时间是民族存亡的“生死”之际——1937年7月到11月短短的四个月；故事场景则是“八一三”淞沪会战爆发前后的“危城”上海。这也是我想为上海写的一本书。在写过太平天国时代的上海(《买办的女儿》)、金融家的上海(《银魂：张嘉璈和他的时代》)后，写下这个战争年代上海工厂的故事，几乎是理所应当的。这也验证了我一直以来的一个观点，好的写作应该是一棵不断生长的树。

当第一批现代新式银行在黄浦江畔破土而出时，得着一战爆发、西方资本无暇东顾的空隙，中国东部沿海工业曾迎来一个黄金时代。写《生死危城》时，我曾数次想起我家族里一位前辈的故事。

1914 年宁波的工厂主中，来自余姚城南冯村的赵宇椿，是我的曾祖辈。他头脑活络，以卖颜料起家，在宁波城中的县西巷办了一个“美球”针织厂，一个“如生”罐头食品厂，生意最红火时与三北闻人虞洽卿齐名。余姚乡间传说，针织厂的拉毛工具拉毛果(又名蓟果，俗名拉绒筛)，这种棒槌状的果子，一直都是日本独有，日本人严密控制着向中国出口的拉毛果，其进入中国之前皆经高温蒸煮，所以一直种不活，后来是赵宇椿借着去日本考察，偷运几粒种子进来，才引种成功。当时拉毛果一斤市值银币六角，可换十二斤大米，很多人种这种果子发了财，别名“发财果”。

但赵宇椿显然没有虞洽卿的大气魄。虞洽卿比他稍早出道，二十世纪初到上海，办航运、搞实业、开银行，又与傅筱庵争当商会会长，政商两界路路通，天生一个“搅塘乌鳢鱼”。赵宇椿在宁波开厂二十余年，虽也曾经日赚斗金，但汉口投资开店失利后，他的工厂已经日薄西山，到1936年，“美球”针织厂倒闭，“如生”罐头食品厂也转盘他人，他自己打道回府，在离老家不远的三溪口做了一个农场主，农场取的是他名字的谐音：“雨春”农场。

赵宇椿在宁波开厂的二十余年，正值中国自由资本主义“黄金四十年”的后半段，用今天的话说，他是吃到了时代的“红利”的。最兴盛时工人六七百人，厂里用自备马达发电。

档案馆里存着一张赵家的老照片，是一张万工轿。图示文字说，此轿是赵宇椿为儿子迎亲时向贳器店（出租婚丧喜庆器物和陈设的铺子）定制，造价五千银元。在同辈人的印象中，赵宇椿是一个爱摆阔的人，一年毛利赚六万，家里开支要三四万，他最终投资走眼，头寸周转不灵，又碰上无良商家，弄到“讲倒账”的地步，也是活该。

起于时势，败于骄奢，这可以说是中国工业化早期赵宇椿这样从草根起步的实业家的通病，尤其那些家族制的企业，更是逃不出这个怪圈。赵宇椿在宁波的工厂开不下去了，回余姚做个农场主，尚不算太坏的结局。但即便他死撑活撑再撑一年，到 1937 年全民族抗战爆发，他的工厂还是免不了关门了事。当战争爆发时，在上海这样工厂密集的地方，还有资委会这样的政府机构，有林继庸这样肯负责任的下层官员来操心工厂内迁，而在当时的杭州、宁波、苏州、无锡这些工业同样发达的东部城市，是没有人来关心这种事的。

如果 1937 年的赵宇椿在上海，他和他的工厂，或许也会被林继庸们动员着内迁，他也会像《生死危城》里的工厂主们一样，带着工人们，划着覆盖着防弹钢板的木船，沿着苏州河和长江进入内地，去湖南、去重庆、去延安。幸运的话，或许还会成为日后中国工业血脉中流动的一滴。但我的这位远房曾祖，他享乐惯了，投资眼光欠火候，又遭无良商家挖坑，他注定在 1937 年后的历史中湮灭无闻。

人，终究抵挡不过时代所造的势。